魔豆

叛逆玩家
RULES ARE FOR LOSERS
01
花於景——著

叛逆玩家

RULESAREFORLOSERS

〔01〕

目錄

01 福德街的瘋子

天色才矇矇亮，路邊傳來陣陣掃地聲，街上瀰漫著清晨的薄霧，地面的雜草垂著露珠，一雙破舊灰敗的球鞋踩過雜草，走進一條陰暗小巷。

巷子裡躺著兩、三名街友，地上鋪了幾個睡袋，顯得十分凌亂，唯有一個黑色睡袋疊得像豆腐般方方正正，踏進小巷的少年拾起那個黑色睡袋，丟進一旁的垃圾堆裡。

這陣騷動驚醒了離他最近的街友，男人艱難地睜開充滿污垢的眼皮，打了大大的哈欠，漫不經心地道：「小慕啊，你把睡袋扔了，晚上要睡哪？」

少年雲淡風輕地回了一句：「老魏，我考上了。」

老魏愣了愣，意識到這小子說的是之前參加的那個什麼入學考。名為林慕的少年之前曾發過狠誓要考上第一名，拿獎學金進學校念書，住在有牆壁的屋子裡，不用再露宿街頭。

「居然還真給你考上了？呸！上學多花錢！有這些閒錢還不如多買幾瓶酒快活快活！真浪費。」老魏碎唸道。

林慕沒有接話，他決心一輩子不菸不酒，即使九歲開始就在賭場和酒吧打黑工，他也沒碰過半根菸，因爲他從那些街友身上看見自己的未來：一有錢就全花光，一輩子兩手空空。

「獎學金拿多少啊？」老魏露出好奇又貪婪的眼神。

儘管老魏對他冷嘲熱諷，而且還想討錢，林慕卻沒有發怒。這並非因爲他逆來順受，相反地，他經常被稱作「福德街的瘋子」，之所以沒有作聲，是因爲他幼時被人扔在這條巷子時，附近的住戶都聽到了哭聲，卻沒有半個人伸出援手，只有老魏和巷子裡的幾個街友不知是嫌他吵還是看不下去，餵了他幾口飯。

林慕後來聽他們說，他們本想著這嬰兒絕對活不了，隨便餵個幾口就當積陰德，沒想到他竟然活了下來。

而且一活就活了十六年。

他們經常笑林慕，說他活下來並不是因爲運氣，而是爲了爭一口氣。

林慕打從出生就異常好強，沒人看好他活下來，他就活給你看，某一次有人笑他連「口」字都看不懂，他就找來整條街上的傳單，堅持每個字都要學會。他讓老魏教他，老魏本想隨便打發：「學什麼學？幹嘛識字！我們這些流浪漢是越可憐越好，太聰明要不到飯吃！那些人只會想你好手好腳幹嘛不去工作，說得好像我們這些連小學都沒畢業的人隨隨便便就能找到工作……」

然而在林慕陰惻惻的注視下，老魏越說越小聲，最後只得硬著頭皮教他三天三夜。

他們深知林慕的脾氣，明明小他們三十幾歲，但沒人敢惹。

尤其老魏，因爲和他「住得近」，經常被迫屈服於林慕的淫威。

林慕收起回憶，在破洞的口袋裡掏了掏，拿出一疊紙鈔，抽出三張，其餘全給了老魏，然後淡淡地說了聲：「謝謝。」

這是還當年一口飯的人情。

老魏瞪大眼，像是從這小子嘴裡聽到如同世界末日的話語，連厚厚一疊鈔票都吸引不了他的注意，但他很快便回過神來，趕緊搶過錢，深怕林慕反悔。

老魏低頭點鈔，露出漆黑的牙齒嘻嘻笑，立刻改口：「好說好說，大爺我才謝謝你咧！哎呀，其實你能考上那什麼學校也不意外，當年老子教你識字時就知道你小子不簡單！只講一遍就會讀又會寫，才幾天來著？就學會幾百個詞啊！這哪是一個七歲小孩能做到的？沒見過像你這麼聰明的小子……」

林慕沒有聽完老魏的恭維，頭也不回地走了，身後激昂又沙啞的嗓音逐漸遠去，十年來不斷老調重彈的那些話也終於自他的人生軌跡消失。

林慕找了間提供住宿的網咖洗澡，再兩個禮拜才開學，學校說今天開始可以提前入住宿舍，他打算整理乾淨後，去迎接他的第一個安身處。

林慕看著鏡中的自己，蓬頭垢面，凌亂斜長的劉海貼在臉上，遮蓋泰半面容，只有頸部稱得上白皙乾淨，行人看到他都會閃躲，林慕也很久沒看見自己的臉了。

他拿起跟櫃台借的剪刀，毫不猶豫地剪去劉海和脖子兩側的頭髮，髮絲落了滿地。打理乾淨後，林慕走出淋浴間，把剪刀還給櫃台。

櫃台裡的女孩見到他時驀然一愣，手裡的筆落到桌面，臉色無法控制地迅速漲紅，原本懶懶散散的聲音變得高亢，結結巴巴地道：「啊，謝、謝謝！不好意思啊，讓你特地拿過來，剛才有個流浪漢跟我借，也沒還我，超級沒水準，虧我好心放他進來……」

林慕噗嗤一笑，勾著唇說：「我就是剛才那個流浪漢。」

女孩頓了下，以為他在開玩笑，笑得花枝亂顫，「你怎麼這麼幽默！」

林慕眼眸帶笑，話中有話：「妳也是。」

林慕今天心情好，臨走前只說了一句：「下次妳應該在門口貼禁止流浪漢與狗進入……以免他們進來，還要包容妳的愚蠢。」

女孩痴痴地盯著林慕的笑容，話只聽了一半，還拚命點頭。見林慕轉身離開，她還追出去問：「等等！你要不要辦我們的會員？這裡留個電話……」

林慕沒有回頭，女孩望著他消失在人群的背影，感到無比困惑——這個比她喜歡的韓星還帥的男生，衣服爲什麼這麼髒？就和稍早進門的那個流浪漢一樣……

林慕徒步走了兩個多小時，終於走到位於市中心的學校。

他一點也不覺得疲累，相反地，打從出生未有過地亢奮，望著面前莊嚴大氣的校門，總算有了實感。

終於，他終於能上學，當一個正常人，他渴望學習那些知識、渴望證明自己不輸給任何人、渴望脫離毫無盼頭的日子……他的機會終於來了！

林慕有些激動，甚至忍不住鼻酸，他立刻低下頭，不讓任何人看見眼中淚水。他冷眼瞥向四周，由於距離開放入住的時間還有兩個多小時，所以周圍人不多，沒人發現他的異樣。

他期盼了無數年，每天白日工作、深夜苦讀，好不容易才走到這一步，從今天開始，他會更加努力學習，他不信出身卑微就沒有翻身的機會，他要掌握自己的命運，不再是人人喊打的過街老鼠！

林慕閉眼深吸一口氣，握緊因激動而微微發顫的手，做好心理準備，臉上不再顯露半點情緒，抬腳踏入大門——

忽然間，身後響起一陣急促的腳步聲，林慕還來不及回頭，背部便傳來刺痛。低頭一看，大量鮮血漫溢流出，很快染遍了衣衫，周圍滿是尖叫聲，而捅他一刀的人早已逃離現場。

林慕踉蹌兩步，往前倒下，倒在血泊之中。

發生什麼事了？不行，他要去入舍報到，他不能錯過報到……

林慕艱難地抬頭，無視身上的劇痛，伸手往前爬，想抓住眼前的校門，但隨即一陣暈眩，他的手撲了空，摔落在地，眼前一黑，徹底陷入了黑暗。

♠♥

林慕頭痛欲裂，忍不住哼了聲，睜開眼，發現自己正站在一處陌生的公園當中，旁邊有一座噴水池。

他不自覺摸向背部，沒有半點傷口，也沒有想像中疼痛，而這一動作，才發現自己手裡不知何時拿著一顆魔術方塊。他頓了頓，大腦隱隱作痛，零散而片段的記憶漸漸拼湊起來，

他想起這是社福機構當年給的救濟包裡放的益智玩具，每當他須要思考時就會拿著把玩，這

個習慣已經維持很多年。

林慕摩挲著手裡的魔術方塊，表面有幾處早已被磨得掉色，但不影響轉動，熟悉的觸感讓他從混亂中逐漸恢復冷靜，開始思考現況。

首先，這裡是哪裡？

一陣冷風吹過，林慕顫了顫，正覺得奇怪，長年露宿街頭應該已經讓他不畏寒冷，低頭一看才發現自己身上破舊的衣褲不知何時被換下了，新的衣服嶄新且乾淨，但不變的是……這件新衣服破的洞比他原本的舊衣服還要多。

上衣是無袖的短版緊身衣，以及鬆鬆垮垮的半透明襯衫，腰部幾乎全露，因吃得不多而比一般男人纖瘦的腰部一覽無遺，下半身則是一條大腿外側有兩道開口的黑色皮褲。

與其說是衣服，不如說是幾塊布。

……這到底是怎麼回事？這裡是哪裡？自己為什麼會穿得這副鬼樣子？

林慕太陽穴青筋直跳，黑著臉，然而一波未平一波又起，他察覺旁邊的樹林有動靜，斜眼一瞥，樹木和草叢後方躲了幾個人，正盯著他竊竊私語。

林慕蹙眉，默默翻轉著魔術方塊，靜觀其變。如果對方要來找碴，他不會善罷甘休。

而他不知道的是，此時躲起來的人們滿臉興奮，在他們眼中，站在夜色中的林慕相當顯眼，一頭黑髮隱沒在黑夜，晚風撩起他柔軟的髮絲，露出白皙秀麗的臉龐，即使皺著眉，也依舊如同深夜海面上波光粼粼的明月倒影，明艷動人，美得不可方物。

路人甲激動地道：「你們也是收到群組消息趕來的嗎？這次的新玩家也太美了吧！會不會是哪個明星啊？」

路人乙拚命點頭：「不枉費我特地過來看一眼，我被困在這裡一千六百五十天了，已經有六百五十天沒看過女人……咦？那個是男的？」

路人丙無所謂地說：「管他男的女的！這裡女玩家那麼少，男的我也可以！」

路人乙斜睨了他一眼。確實，這裡男女比例嚴重失衡，女人特別稀少，因此無論男女，凡是稍有姿色的玩家，都會成為眾人爭搶的目標，更別提眼前這個即使在現實世界都很少見的極品。

路人甲搖頭嘆氣：「可惜啊，在這裡有兩種人死得最慘，一種是長得漂亮的，另一種是太柔弱的，他兩個條件都符合……我敢打賭那些人肯定會強迫他當奴隸。」

路人乙突然發覺一件事，「你們不覺得奇怪嗎？他明明跟我們一樣也是莫名其妙進入這個『遊戲』，怎麼都不害怕？也不趕快找人求救？」

路人丙笑道：「我看是嚇傻了吧！哈哈，是時候讓我來英雄救美了！」

路人甲疑惑：「等等！你們看他手上的魔術方塊，普通人會玩那種東西嗎？」

眾人定睛一看，這才發現林慕手上的魔術方塊並不是常見的四階，而是九階！

路人丙震驚：「靠！難道這個人是天才？」

他們聚精會神地看林慕不停翻轉手上的魔術方塊，彷彿正在參加精彩的魔術方塊競賽，各個階層在他手中快速變換。

一直轉、一直轉、一直轉……然而不管他怎麼轉，魔術方塊都還是亂的，根本沒解開。

路人甲：「……」

路人乙：「……」

路人丙道：「他拿這個該不會只是裝飾吧？」

偷看的路人們深感受騙，不約而同地想：這人大概明天就要完了，這種裝腔作勢又特別引人注目的玩家，通常都是炮灰。

儘管所有人都不看好林慕，甚至覬覦他的美色而蠢蠢欲動，卻沒有任何一個人眞正付諸行動，因爲林慕冷淡的神色和高不可攀的美貌，實在讓人卻步。

林慕等了一會，見沒人過來找麻煩，心想省了件糟心事，正想離開噴水池邊，腦中突然響起一道機械化的AI電子音——

「歡迎您進入『十層地獄遊戲』，請拿出手機，開始遊戲。」

林慕頓住，下意識晃了晃腦袋，那道聲音出現得太過突然，不是傳入耳中，而是直接穿透腦海，令人頭皮發麻。

然而AI的下一句話才真正地讓人感到毛骨悚然：「請玩家不要驚慌，您是否忘記了自己已經死亡？」

此話一出，林慕頭部一陣刺痛，額前冒出冷汗，零散的記憶在腦中閃過，死前一幕掠過腦海，這才赫然想起自己莫名進入這座公園前的記憶——他在校門口被人從背後捅了一刀。

入學典禮呢？他錯過了入學典禮？

不，這鬼AI說什麼？他已經死了？不可能！

見林慕不肯接受事實，AI的聲音變得高昂，背景甚至響起了熱情輕快的旋律：「恭喜玩家贏得我們『十層地獄遊戲』的入場券，這場遊戲將會是你生命的轉機！我們積極、正面與友善，免費提供玩家一次死而復生的機會，玩家們只要積極突破十層關卡便能重獲新生，找回生命的奇蹟與感動！」

林慕頭疼欲裂。

玩家？遊戲？重生？到底在說什麼鬼東西！

AI自顧自地道：「現在，請您拿出手機，點開名為『十層地獄遊戲』的ＡＰＰ，我們已為您自動安裝遊戲。」

林慕閉上眼，忍著劇痛，好一會才緩過來。

肯定有人在搞鬼，他不信自己就這麼死了！

林慕沒有理會腦中的AI，冷靜下來觀察公園四周，找尋是否有可疑人物使用電子設備。

這時，AI似乎發現林慕並沒有動作，再次在他腦內說道：「請玩家聽從指令，拿出手機，否則將永遠無法離開本遊戲。」

電子音明顯變得低沉，輕快的旋律不知何時消失。

林慕察覺AI的變化，反而笑了，他開始感興趣了。

他不管對方聽不聽得見，逕自開口：「你在威脅我？怎麼不說自己是友善的遊戲了？」

「我不明白您的意思，有任何疑問請提出有效的關鍵字，智慧客服將會為您解答。」

顯然它能聽見林慕的回話，只是依舊是制式化的回覆。

林慕想了想，問道：「13730乘以24670是多少？」

「338719100。」它幾乎一秒回答，沒有作弊的空間，林慕確定了這確實是AI。

是誰操控AI惡整他？

林慕說道：「讓我離開，我要去上學。」

「請玩家不要驚慌，我們『十層地獄遊戲』是個積極、正面與友善的遊戲，請拿出手機，開始遊戲。」

林慕又問：「這裡是哪裡？」

「歡迎您進入『十層地獄遊戲』，請拿出手機，開始遊戲。」

無論問多少問題，AI依舊重複著相同的回答。

林慕說道：「我沒有手機。」

「您好，已偵測到您的背包中有通訊設備，我們已為您自動安裝ＡＰＰ，請拿出手機，開始遊戲。」

林慕挑眉，呵地一笑，「安裝好了？騙誰呢。」

「請玩家不要驚慌，我們『十層地獄遊戲』是個積極、正面與友善的遊戲，請拿出手機，開始遊戲。」

林慕被吵得頭疼，冷著臉拿出手機，「我的手機根本不能上網，哪來的ＡＰＰ？」

只見林慕手裡拿的是一支古董級手機，不僅沒有觸控螢幕，畫面甚至是單色的，還根本無法上網，只能通話和發簡訊。

AI當機了，這支古董手機讓無所不知的AI搜遍了整個資料庫，也找不出能夠應對的詞彙。系統從未告訴它們，如果玩家拿的手機不能下載遊戲，它們該怎麼辦。

林慕雙手抱胸，忽然AI終於再次開口：「歡迎您進入『十層地獄遊戲』，請拿出手機，開始遊戲。」

「不是說了，我這手機哪來的ＡＰＰ……」

尖銳的警告音在林慕腦中大肆作響。

「警告！請開始遊戲！」

「警告！請開始遊戲！」

「警告！請開始遊戲！」

AI鬼打牆似地不停重複同一句話，無論林慕回答什麼，都如跳針一般，沒有停止的跡象，彷彿只要他不登入遊戲，警告音就會無止盡地繼續下去，直到他精神崩潰爲止。

——打從一開始，系統就沒有給予選擇權，無論玩家同意與否，都必須加入遊戲。

林慕心想，說什麼闖關遊戲，肯定沒那麼簡單，莫名其妙在入學前遭刺已夠讓人憤恨，它們還偏要來招惹他……他可沒空玩什麼遊戲，他還要趕回去上學。

林慕撿起地上一塊尖石，用指腹確認足夠鋒利，接著驀然抵住自己的腦袋，笑了，「既然你說我已經死了……那再死一遍也無所謂吧？」

他不知道這是一場人類觀察實驗，還是有其他目的，但肯定不是好東西。

AI當機一秒，再次響起刺耳警報：「警告！玩家請勿嘗試自殺，珍愛生命，人生無價！」

林慕見到AI激動的反應，確認了遊戲幕後那些人並不希望有人死，才會搞出「找回生命奇蹟」這種口號。這有幾種可能性，第一，可能是搞出人命很麻煩；第二，可能是他們基於某種目的不希望自己死。

第一種基本上可以排除。因爲如果是正規的組織，不可能未經同意妨礙自由，而如果是違反人權的地下組織，也不須要在乎他的性命，既然可以神不知、鬼不覺把他帶來這裡，就能暗中把他除掉。

所以現在只要知道，對方不斷逼迫「闖關」的目的是什麼？

林慕眼神一暗，舉起尖石，直接往手腕上一劃——

他這輩子最痛恨的就是無能爲力、任人擺布！

鮮血從手腕流下，腦中如他所料響起更加刺耳的警報聲：「最後警告！最後警告！玩家請勿嘗試自殺，珍愛生命，人生無價！」

果然，遊戲急了。

他手腕割得不深，只劃破表皮，嚇嚇對方而已。

林慕嘲諷地勾了勾唇，接著笑容一收，厲聲道：「如果不想我現在就死，那就閉上嘴，不准再威脅我。還有，說清楚，你們的目的到底是什麼？」

AI安靜了一會，這次並未再重複相同的台詞，而是答覆道：「察覺玩家意圖自殺，已匯報系統。系統回應如下：『親愛的玩家您好，已收到玩家手機無法使用的回報，本遊戲將會以紙本形式寄送劇本給您，請務必詳閱。目前紙本劇本已放妥，請於中央公園入口處信箱查收，謝謝。』恭喜您，本次新手教學已完成，此通話完成後，將會中斷與智慧客服的連線，謝謝您，祝您順心。」

「紙本劇本？」

然而無論林慕怎麼問，AI的聲音再也沒有響起。

這難道是強迫開始遊戲？林慕氣得差點把魔術方塊捏碎。

不過剛才的對話讓他明白了一點——這個「遊戲」果然有幕後主使者，就是AI口中的「系統」，而這個系統做出了人爲應對，幕後很有可能是個人，有人在背後操縱這一切。

林慕冷冷一笑。

很好，他現在除了要離開這個鬼遊戲回去上學，多了一個新目標——他要抓出那個該死的系統，讓他也嘗嘗任人擺布的滋味。

他言出必行，沒達到目標絕不會罷休。

林慕腦中有個復仇清單，他記下了「系統」這個名字。

想到幕後主使未來的下場，林慕心情不算太糟。首先，他想找出幕後主使就得先去拿他們提供的線索，只有深入遊戲，才能在敵人以為一切都掌握在手時出手反擊。

林慕正要前往入口處的信箱拿劇本，此時有人大步走近，嗓音宏亮地主動搭訕：「嘿，你是新人吧？要我帶你嗎？叫我耗哥就行了！」

林慕瞥了自稱耗哥的人一眼，表情平淡，沒表現出歡迎還是拒絕。現在的他確實需要一個「當地人」來了解情況。

耗哥殷勤道：「你檢查過口袋了嗎？先看看口袋有什麼？」

口袋？

林慕摸了摸口袋，發現摸到了一張紙片，掏出來一看，是張撲克牌，花色是黑桃二。

林慕不解為何會有撲克牌，耗哥看見卻很興奮，彷彿見到了寶物，他拿走林慕手上的牌，面露狂喜，「是張好牌啊！」

林慕挑眉不語。所以呢？現在要來玩大老二？

耗哥拿起手機一陣劈里啪啦地打字，「我剛才看見你拿手機了，你的手機沒辦法上網對吧？我幫你登入ＡＰＰ看看這張牌的作用。」

林慕不明白撲克牌能有什麼作用，莫非是道具之類？但他沒作聲。沒多久，一群人朝他們走來，顯然是耗哥招來的人。

林慕發現，遊戲裡所有人的衣服都是黑白灰的配色，只是設計上有所不同，就像西裝也會有不同款式——但沒有一個人的服裝像他這樣暴露。

這鬼遊戲的品味眞差。

「耗哥！這就是你說的超級美人啊？可是……只有一個，夠我們兄弟分嗎？」其中一人著急地湊向前，露出猥瑣的笑容，目光在林慕身上流連。

「小劉，你離遠一點，別嚇到他了，老子都還沒玩呢！」耗哥大笑著推開小劉。

只不過兩句對話，情況已然明瞭。耗哥根本不是好心想幫他查詢資料，而是藉機叫人來包圍他。

林慕淡淡地瞟了耗哥一眼。

耗哥咧開嘴角，「別這樣看我啊，小心我……」他湊到林慕面前，說了些極猥褻的字眼。

「呵。」林慕笑了出來。

所有人見到林慕的笑容，就像在漆黑的森林中驀然看見一朵發光的花，不禁愣了愣神。

接著，林慕握緊手裡的魔術方塊，直接揮拳往耗哥臉上砸。

「啊！」耗哥發出慘叫，魔術方塊的尖角直接在他臉上磕出一個洞，頓時鮮血噴湧。

所有人都嚇傻了，下意識後退幾步，他們害怕的不是林慕，而是耗哥會有什麼反應。同樣都是玩家，他們之所以會稱耗哥爲老大，自然是有原因的。

耗哥摀著臉，滿臉猙獰，赤紅的雙眼不知是因爲憤怒還是染了鮮血，「你這個臭婊子！竟然敢——」

林慕不慌不忙地道：「這麼難聽的詞，還是用在你自己身上比較適合。」

毒蟲和賭徒見多了，耗哥這種人在他眼裡不過是小兒科。

耗哥狠瞪著林慕，表情宛如要將他生吞活剝，一會後，他竟反常地大笑：「哈哈哈！看來你還不知道撲克牌代表什麼吧？」

林慕抬眸，高高在上地看著耗哥，一臉「我允許你開口」的模樣。

耗哥拿起林慕的撲克牌，用力彈了一下。

「唔！」

林慕腹部猛地一陣劇痛，他忍不住摀著彎下腰，就像被人狠狠踹了一腳。

怎麼回事？林慕狠蹙起眉。

「撲克牌代表著玩家本人，如果撲克牌出事，玩家也會死，而且——上面的數字，就是你的身分。」耗哥捏住林慕的臉，陰森地笑道：「不論花色，只看數字，數字越高的人階級越高，地位和力量也越大，只能說你運氣差，抽中階級最低的數字二，只配做我們高階玩家的奴隸！」

耗哥彎了彎撲克牌，林慕的手臂瞬間被反折，頓時痛得蹲在地上，渾身冷汗，直哼出聲。

林慕咬緊牙關忍著疼痛，猛地抓住耗哥的手臂，對方卻反應極快地閃開。

耗哥一臉愉悅，善心大發似地說道：「我不是說了嗎？數字越高的人，地位和力量越大。高階撲克牌會大幅提升玩家的體質，我的階級是六，比你整整高了四級，所以說，你打不贏我，更別提你還只是個等級二的奴隸，不管遇到誰都比不過，只能認命！哈哈哈！」

林慕沒有想到自己苦讀多年，好不容易得到改寫人生的機會，卻在入學前莫名其妙被捲入一場鬼遊戲，甚至被宣告永遠只能做奴隸……

從出生到現在，他在路邊乞討多年，承受過多少白眼和屈辱，如今耗哥的眼神讓他想起了過往的一幕幕。

像耗哥這種人，他遇過無數次，每一次都更加提醒他，自己絕不受命運擺布！

林慕搖搖晃晃地站起身，儘管全身疼得被汗水浸濕，他依然咬牙硬撐，冷冷一笑，「什麼撲克牌？奴隸？不過是愚蠢的扮家家酒遊戲，我是什麼地位，由不得一張破紙決定！」

林慕舉起剛才趁著蹲地時撿起的尖石，奮力往耗哥露出的腳趾一砸。

耗哥發出慘絕人寰的叫聲，腳趾當場噴血，他怒髮衝冠地大吼：「給你臉不要臉！」說完便發狠一掌揉爛林慕的撲克牌，林慕頓時趴在地上，痛得哀號，全身骨頭像被捏碎。

「你以爲只是這樣嗎？」耗哥漲紅著臉爬起身，像是被激怒的野獸，他突然伸手搶了小劉放在胸前口袋的撲克牌，丟進旁邊的水溝。

「啊啊啊！我、我的牌！我的牌！」小劉發出驚恐至極的尖叫，趴在水溝蓋上拚命想刨開蓋子，刨到手指都是血，但撲克牌早已順著水流流走。突然間，小劉「呃」一聲，眼球凸出，猶如被人掐住脖子般，不久便七孔流血，倒地而亡。

「撲克牌破損也許沒事，但只要離身超過十公尺，持有者就會當場死亡。」耗哥露出殘酷的笑容，殺人不眨眼。

林慕目睹死亡現場，臉色一變，緊緊攥起拳頭。

耗哥把林慕的撲克牌丟到他面前，大聲向所有人宣布：「我耗哥是掌管這塊區域的黑龍會老大，從今以後這個賤民就是我的奴隸！」

由於撲克牌力量的加持，他聲音異常宏亮，幾乎傳遍整座公園。

所有玩家都聽見了，他們躲藏在黑暗處不敢吭聲，如耗哥所說，黑龍會已在這片區域佔地為王，耗哥的殘暴眾所皆知，他甚至規定黑龍會成員必須將撲克牌放在胸前口袋，任由他掌控。

林慕顫顫地抬手，撿回自己的撲克牌，全身因疼痛而控制不住地抖動。

他明白了，在這個遊戲世界，撲克牌代表玩家的血條，而且無論他怎麼藏，撲克牌都只能帶在身上，面對黑龍會這種團體攻擊，身上的牌勢必會被強行奪走，並受到威脅和操控。

因此，這混蛋才會如此囂張，因為低階玩家如果想留一條命，只能像在場所有人一樣，選擇服從。

他想離開這個遊戲，回去繼續上學，但如果自己註定只能死在這裡，那麼……

林慕微微發顫和臉色蒼白的模樣引起了耗哥的嗜虐欲，笑容越發猖狂。不只他，黑龍會的成員也迫不及待想要享用嬌弱的美人，只要等耗哥玩完，他們肯定就能——

眾人還沒來得及想像，便見林慕抬起手。

唰、唰，林慕將自己的撲克牌當場撕碎。

所有人錯愕地倒抽一口氣，恐懼的表情彷彿看見妖魔鬼怪。

林慕慘叫一聲，直接斷了左臂。

意外地沒有濺血，但實實在在的疼痛瞬間蔓延全身，讓他眼前發黑，幾欲昏厥。

林慕身形晃了晃，好一會才站穩身子，忽然間「噗哧」一聲，他笑了。

「哈哈哈哈！」笑聲越來越大，最後笑到捧腹，「沒死？我居然沒死？」

這個人瘋了！眾人嚇得拉開距離，就連耗哥都不由自主後退幾步。

林慕抬眼看向耗哥，燦爛的笑容明艷動人，令月色都自慚形穢，但此刻配上掉落在地的斷臂，只讓人不寒而慄。

「居然只有斷臂？你說的對，破損並不會死，我的命果然還是由我自己決定。」

黑龍會的成員們嚇得發抖，竊竊私語：「他、他難道是拿自己的身體做實驗？」

「沒見過這麼瘋的瘋子，居然不怕死！」

林慕含笑的眸光掃過在場所有人，「世界上多得是比死亡更恐怖的事，想不想試試？」

不怕橫的，就怕不要命的，他連自己的命都不要，還有什麼事不敢幹？

黑龍會的成員們害怕被瘋子波及，瞬間鳥獸散。

耗哥見小弟們全跑了，後退兩步，憤恨又恐懼地看了林慕的斷臂一眼，感覺臉和腳趾都隱隱作痛，最後一瘸一拐地跑了。

所有人離開後，林慕總算能暫時卸下防備，他直接仰躺在草地上，望著星空，思考接下來的路。

要離開遊戲想必不是件容易的事，否則這些人不會心甘情願留在這裡做小弟，像那個小劉一樣隨時受到性命威脅。看來，還是得再深入了解。

林慕緩了很久，才按著斷臂起身，手上意外光滑的觸感讓他頓了下，發現傷口在極短的時間內迅速癒合，只剩下肉色的疤痕融於膚色。

這傷口癒合的速度異於常態，他原以爲自己是昏迷後被抓來荒島，難道這裡並不是現實世界？他確實聽說過一種虛擬遊戲，玩家可以透過儀器在夢境中潛入遊戲，作夢的人除非醒過來，否則不會察覺自己周遭的事物並非現實……這麼說來，撲克牌能讓體能強化的事也很有可能是眞的，畢竟是遊戲世界，想怎麼做都是系統說了算，呵。林慕用僅剩的右手撿起撲克牌碎片，拖著殘缺的身體，眼神冷靜而堅毅。

無論身在何處，他都不會乖乖任人擺布，那些自以爲是的高階玩家，還有擅自把他拖進遊戲世界的「系統」，他一定會報仇，一個也不放過！

02 遊戲劇本

林慕很快在公園入口找到信箱，公園外是普通街景，但與公園內不同，街上空無一人，四處瀰漫著詭異的白色濃霧，任誰都能看出離開有多不妙。

林慕瞧了眼，一面想著要不要進霧裡看看，一面打開信箱蓋。

裡頭確實有一疊文件，但他很快發現單手行動的不便，他一手打開了蓋子，卻沒手再拿文件。

這時，身旁多了一隻纖細的手，替他扶著信箱蓋，「快拿吧。」

林慕往左一瞥，是個年輕女孩，綁著馬尾，皮膚黝黑，看來長年日曬，她有著兩道粗眉，神情肅穆而滄桑，氣勢不輸給男子。

林慕從善如流，從信箱裡掏出文件，說了句「謝謝」便轉頭就走。

女孩喊住他：「你能去哪裡？你剛進來遊戲，什麼都不懂，不但沒有手機，又斷了手，不如來我這裡吧！我在這裡經營收容所，團體行動總比單打獨鬥好。」

女孩口吻老練，顯然邀請過無數玩家。

林慕失笑，他笑起來總是讓人如沐春風，就連嚴肅的女孩都不禁怔了怔，但她可沒忘記對方剛才瘋子般的舉動，這張漂亮的面容底下，藏著一個瘋狂的魔鬼。

林慕說道：「媽媽說不能跟陌生人走。」

女孩頓住，很快明白林慕玩笑話中的拒絕。她繼續勸說：「剛才的事我都看見了，我知道你防備心重，可你不怕死不是嗎？即使被我騙，你也毫無損失。」

林慕覺得女孩的話有點有趣，想了會，問：「妳找我進收容所有什麼目的？」

女孩直白道：「是因爲黑龍會。」

林慕不置可否：「哦？」

女孩說：「我想你也看見了，黑龍會那群人就是第一層的老鼠屎，我們收容所有許多人是因爲黑龍會的成員而受傷、無法繼續闖關，所以我們需要強大的成員，協助我們對抗黑龍會。你是第一個敢正面對抗耗哥而且不怕死的人，我們需要你這樣的人，相對地，我們會提供情報和住所，你還不知道『劇本』是什麼吧？我可以告訴你。」

林慕點頭，「我明白了，走吧。」

女孩一愣，「什麼？」

「帶路，不是要去收容所？」

「你……同意了？」女孩不敢置信。

「不是說見過很多人，沒見過這麼快答應的？」林慕笑了笑，「原因很簡單，一，我欣賞爽快的人；二，我喜歡妳叫他們老鼠屎。」

女孩噗哧一聲笑了出來，燦爛的笑容讓人想起她只是個二十歲左右的少女。

林慕跟著女孩回到公園裡，這座公園十分廣闊，除了樹林和步道，裡頭還座落著幾棟建築，女孩說明這些建築以前都是商店，後來黑龍會佔領這裡後，四處找碴和收取保護費，仍在營運的建築就只剩她的收容所了。

林慕問：「這個遊戲裡也有金錢交易？」

女孩點頭，「有各種貨幣，基本上和現實世界差不多。」

林慕思索，「所以只要闖關就能得到錢？」

「沒有，跟現實一樣，要去打工。」

……都進遊戲了還要工作？不愧是黑心遊戲。

「啊，比較特別的是，據說成爲富豪榜第一名，AI會主動聯繫邀請你進入地獄商城。」

「地獄商城？」

「嗯，傳說是擁有特殊權限才能進入的商城，在商城裡可以買到普通人一輩子都得不到的東西，不過我也沒見過就是。」

「可以買到更多的錢嗎？」

女孩一時無語。

林慕不過開開玩笑，他對遊戲給的「好處」絲毫不感興趣，比起那些，他更想快點離開遊戲、回去上學。

不過在那之前，他還有幾個對象要先處理。

林慕問：「妳知道黑龍會的老巢在哪裡嗎？」

女孩沉默一會，「你該不會是要去尋仇吧？雖然知道你不怕死，但你是絕對打不贏高階玩家的，就算所有低階玩家集結起來也一樣，不然我們怎麼會忍受那個混帳？」

林慕微微一笑，「誰說要打架了？我好歹讀過書，沒那麼粗魯。」頂多是餵那傢伙一桶汽油，再放個火。

女孩露出狐疑的表情，說道：「黑龍會沒有固定據點，耗哥也不是經常待在第一層，聽說他已經闖到第三層了，平常不容易遇見他，這次他主動離開算你運氣好，下次遇見千萬要繞道，如果他真想對你下手，你是無法抵抗的。」

林慕又問：「所以要見到他的話，就必須去其他層？」

女孩心想：你為什麼要問這麼多？我好慌。

她其實在收容所見過不少像林慕這樣不願面對現實的人，他們不肯相信自己已經死了，不願闖關，爭取復活的機會。

女孩苦口婆心地勸道：「你還是先認眞闖關吧，光是要應付關卡的怪物就很難了，別再招惹那些人，你比很多人都更有勇氣，要往上闖關還是有機會的，爭取早日復活，在現實世界應該也有人在等你吧？」

收容所裡有些人已經放棄，一輩子都待在第一層，非不得已，她不希望林慕也變成那樣。

林慕想了想，「確實，班導還在等我點名。」

……怎麼會有人第一個想到的是班導？女孩用怪異的眼神看林慕。「總之，別跟他們一般見識。」

林慕突然說：「軟土深掘。」

女孩：「什麼？」

林慕注視著女孩，收起了笑容，「妳越服軟，只會讓敵人踩得越重。黑龍會能統治第一層不是因為實力夠強，而是因為你們投降。妳之所以找我進入收容所，不是因為想對抗黑龍會，而是因為同情我殘缺吧？我最不需要的就是同情。」

他不喜歡被人同情，因為這也代表同情者自認高他一等。

女孩頓時被堵得說不出話。

剛進入遊戲時，她也曾對高階玩家有過不滿，甚至衝動地想抵抗，但才待沒幾天，她便目睹高階玩家是如何輕鬆地屠殺低階玩家，明顯的實力差距讓人恐懼。那時她身受重傷，一個老醫生救了她，對方是收容所的初始經營者，他告訴她：「不要招惹他們，照顧好自己和弱勢者。」

在那之後，她見過無數來到收容所的傷患，加上老醫生的叮囑，她從此只記得一句話——「不要招惹他們。」

後來她繼承老醫生的遺志，成為收容所的負責人，面對黑龍會放肆地再三作亂，即使自己想改變現狀，骨子裡仍無法忘記這一點。

她想，或許是林慕剛進入遊戲，還沒見過真正慘烈的場景，所以才能無所畏懼，然而某種意義而言，她知道他說的是對的。

女孩不理解，「既然你知道，為什麼要跟我走？」

「我須要更了解這個遊戲。」

林慕在思索著關於遊戲的事。

先不論他們是否眞的死了，還是只是昏迷在夢境中，目前看來，想要離開的唯一方法就是闖關。

遊戲設置了十層關卡，再加上一層層提升難度，如果結局眞的能讓玩家「復活」或者離開遊戲，爲什麼要隨機讓某些人得到好牌，並提升他們的體質？如此一來，比的就不完全是實力，運氣的影響更大。

再者，卡牌的分配眞的是隨機的嗎？如果是系統有意如此……看來，只有接觸更多高階玩家才能得到眞相了。

不過，自己怎麼可能會聽話乖乖闖關呢？就算要闖，他也不會讓系統稱心如意！

林慕摸著口袋裡破爛的撲克牌，勾唇一笑。

總共有十層是嗎？他會一層一層往上爬，然後把每一層都搞得天翻地覆。

也許放一把大火？也許製造動亂？

林慕環顧這片寂靜的公園，臆想這裡被大火焚燬的場景，愉悅地笑了起來。

女孩注意到林慕的笑容，困惑地問：「你在笑什麼？」

林慕回過神，又是莞爾一笑，看著竟顯得彬彬有禮。

女孩因林慕美好的微笑呆滯一會，總覺得在他身上看到了別人的影子，隨後一本正經地乾咳兩聲，耳根子微紅，「我知道了，我會告訴你更多這裡的事情，等到了收容所，我先幫你把手臂處理一下，再慢慢告訴你。」

收容所位在公園東南側，在深夜的公園裡，遠遠就能看見一棟三層樓的建築流瀉出溫暖的黃光，屋頂上立著十字架，乍看像間救護站。

女孩將林慕帶進收容所，收容所一樓擺設簡樸，客廳有一張木桌、幾張木椅，左邊有一道樓梯通往二樓，客廳後方則有一條狹窄的走廊，走廊兩側有幾扇門，最底端是廚房。

女孩一邊在櫃子裡不知翻找什麼，一邊對林慕說道：「對了，我都忘了，還沒自我介紹。我叫容蓉，容易的容和芙蓉的蓉。你呢？」

林慕心想：也發現得太晚，不過我也沒興趣知道妳的名字，所以沒問就是了。

「林慕。」

容蓉掏了半天，總算從櫃子裡拿出一樣物品，「找到了。」

林慕原以為容蓉所謂的「處理手臂」頂多就是包紮起來，反正沒流血，只是看起來恐怖罷了。沒想到，容蓉拿出的是簡易的膚色機械義肢，她俐落地替他裝上，並教他怎麼使用。

林慕微微訝異，「你們的設備還挺齊全。」

「這是之前的患者留下的。」

「爲什麼留下義肢？」

容蓉沒有說話，只是幫他裝好。

林慕嘗試使用義肢上的按鍵，發現有上下升降、左右搖擺和抓取功能。

林慕噗哧一笑。

容蓉不明白林慕在笑什麼，「怎麼了？」

林慕指了指自己的義肢，「妳玩過夾娃娃機嗎？」

容蓉再次露出古怪的眼神。第一次看到手都斷了還自得其樂的人。

容蓉幫林慕調整好手臂，又去廚房忙了一陣，端出一碗粥，大概是考慮到他使用湯匙用餐比較方便。

林慕吃了一口容蓉煮的粥，放下湯匙，一臉嚴肅，「妳知道上一次讓我吃到這種東西的人，現在在哪裡嗎？」

容蓉一愣。

「五星級餐廳。」林慕若無其事地拿起湯匙，繼續享用美食。

容蓉被逗得忍不住笑了，「看不出來你會誇獎人。」

「就算是我這種人，也是懂得感恩的。」

容蓉莞爾。

「林慕，說到感恩，不管你在不在意，面對自身已死的消息，任誰都會難以接受。就像我生前出車禍，醒來就在這裡，也是花了不少時間才振作起來，畢竟我還有願望沒實現……你應該也是吧？」容蓉沒有放棄繼續勸說。

林慕沉默，想起自己死前的一幕。他費盡全力才考上的學校，連校門都沒進就死了。

容蓉的提醒反而讓他想起另一件事。

他記得自己不甘心，也不想死，但奇怪的是，這麼強烈的感覺竟然在和AI交談過後消失了，他甚至一點也不恨殺死他的凶手，這不正常。

至少，對有仇必報的他來說相當不正常。

容蓉見林慕臉色不好，以為他是因為得知自己已死而情緒不佳，安慰道：「不過你也別太難過，這個遊戲給了我們希望不是嗎？有玩家說，雖然我們死後來到『地獄』，不過只要破完十關就能重獲新生，未嘗不是一件好事。」

林慕聽完，噗哧一聲又笑了出來。

容蓉：「……」有哪裡好笑？

林慕擺了擺手，「沒事，我只是在想，我做人有這麼失敗嗎？死了居然下地獄。」

容蓉回想方才林慕手撕撲克牌的嚇人場景，心想：的確不像個大善人。

「不過，更重要的是……」林慕神色一凜，「你們眞的相信，事情這麼理所當然？」

「你的意思是？」

「人死了來到『地獄』，闖關成功就能獲得新生──一切如此理所當然，不覺得更像是爲了取信於我們，刻意命名爲『地獄』，引導我們以爲自己眞的能重生？」

容蓉一頓，搖頭反駁：「確實有玩家成功闖過十層關卡，開啓了『出口』，並離開遊戲世界，聽說在第十層很多人都看見了。」

林慕淡淡地說：「『出口』通往哪裡？妳走出去過嗎？它被叫作出口，但實際上眞的是出口嗎？」

容蓉啞然，而林慕接下來的話讓她更加答不上來：「更重要的是，如果這個遊戲的目的眞的是要幫助玩家復活，爲什麼又要製造出階級，讓玩家們自相殘殺？」

容蓉從未想過這個問題，剛進遊戲時，不但要想辦法接受自己已經死亡的事實，還要面對其他玩家的威脅和危險的關卡，光是忙著闖關就讓人精疲力盡，根本沒有心力細想這個世界的邏輯。一旦習慣了階級的存在，就彷彿成了理所當然，有誰能像林慕這樣一點也不急著重生，甚至反過來質疑遊戲機制？

容蓉不知道的是，因為林慕過去時時刻刻處在生死邊緣，不只從小過著有一餐沒一餐的日子，生命也經常受到威脅，起初不懂得遮掩容貌，甚至差點被侵犯。

他親眼見過許多街友、毒蟲和賭徒當街慘死，死亡對他來說並不遙遠。比起怕死，他更怕毫無尊嚴地活著。

他對遊戲的質疑，基於他深知天底下沒有不勞而獲的事，利益交換才是人們行善的目的。就像老魏當年給他一口飯，只是因為有個小孩在身邊更容易討到錢，至於那些願意施捨零錢給他們的路人，也僅是為了自我滿足。

林慕不討厭這種赤裸裸的利益交換，人性本就如此，雙方都能得到好處的話，何樂而不為？真正讓人噁心的是像這遊戲一樣，表面上說得好聽，實則為達成自身目的而「行善」。

容蓉的臉色不太好看，儘管她知道林慕說的未必是事實，仔細想想卻不無道理。

一直以來，大部分人深信遊戲能為他們帶來重生的希望，雖然也有陰謀論者認為這個遊戲別有目的，但大多數人還是選擇相信。因為他們已經死了，除了相信別無他法。

林慕這番話等於推翻了所有人的希望，如果這是真的，這裡就不再是「地獄遊戲」，而是真正的地獄……

容蓉的肩膀突然被拍了下，她嚇了一跳，抬起頭。

林慕面帶微笑，彷彿從未說出那些顛覆想像的話，「喝粥嗎？」

容蓉張嘴，又閉上，眼神彷彿在問「你怎麼還喝得下」。

林慕若無其事地說：「我怕路邊沒東西吃，能吃飽的時候總要吃飽一點吧。」

容蓉心想：你還有怕的東西？

她注視著林慕那雙盈滿笑意、讓人不自覺產生好感的眼睛，眸底實則藏著無比的冷漠。

在遊戲世界的這三年，她見過形形色色的人，像林慕這樣的激進分子不少，但沒有一個像他一樣剛進入遊戲就敢挑釁黑龍會，甚至不畏懼撲克牌的力量。

她不知道林慕過去經歷過什麼，不過她暗自慶幸，幸好自己不是站在他的對立面。她總有股預感，這個人不會安分地闖關，或許未來他會克服階級限制，顛覆這裡的所有規則，就和傳說中的頑皮兔一樣……

「蓉蓉，好香啊！妳煮了什麼當宵夜？」樓梯上走下一名高大的綠髮男子，男子一看見林慕，頓時震驚地瞠大眼，「妳怎麼能趁我睡覺時帶情夫回來？別給我戴綠帽啊！」

容蓉板著臉，對林慕說道：「別理他，他戲多。」

男子一臉委屈，「妳怎麼這樣說自己親夫……」

「你再亂說話，這個月的晚餐就自己解決。」

男子立刻收起可憐表情，熱情親切地朝林慕伸手，「你好，我是徐廷秋，容蓉的親……我是說追求者。抱歉啊，這遊戲女玩家比較少，容蓉老是被騷擾，所以我很擔心。不過嘛，不追容蓉的人都是我的朋友！你是新來的玩家吧？請多多指教。」

林慕微笑，伸手回握，「林慕。」說完意味深長地瞧了徐廷秋一眼，「嗯，看出來了，騷擾她的人確實挺多的。」

徐廷秋一僵，撇頭小聲對容蓉說：「妳帶來的這個新玩家，怎麼好像不太好相處？」

容蓉心想，你沒見過他更不好相處的樣子。

容蓉怕徐廷秋說錯話惹到林慕，趕緊轉移話題，「對了，林慕，遊戲給你的資料要不要拿出來，我們幫你看看？」

林慕依言拿出文件，徐廷秋圍在旁邊探看，「是第一關的劇本？」

林慕沒有管徐廷秋說了什麼，逕自攤開手上的文件，斂下眼眸，纖長的睫毛讓他的眼瞳覆蓋在陰影之下。

就讓他看看，所謂的關卡究竟是什麼。

然而出乎意料的是，文件的第一頁只寫著一句話——

找出下文隱藏的線索，方能開啓通往第二層地獄的關卡電梯：「你的身分是個花匠，花匠擁有整個溫室的花。某天，你回到溫室，卻發現原來你種的不是花，而是……」

花匠？什麼鬼東西？林慕皺了皺眉。

「哦！你的身分是花匠啊？我看看怎麼解謎題……」徐廷秋讀過一遍以後，認眞思索，而後說道：「我知道了！搞不好你種的是豆芽菜？」

林慕斜了他一眼。這傢伙確定會解題？

容蓉拍開徐廷秋的腦袋，「林慕，這是遊戲給你的第一關提示，每一關會有一個劇本，只要找出劇本的答案，就能通往下一關。通常不能從字面上的意思去解讀，像之前有個玩家抽到的身分是『殺人魔』，條件是『謹守本分，不能殺人』，看似矛盾對吧？但後來發現，他的通關條件是要前往海邊的燈塔，在時間內登上塔頂完成點燈，否則就會害死海上的船員。『殺人魔』只是個提示，如果他眞的殺了人，反而會因爲不符合條件而闖關失敗。」

林慕明白了，所以他抽到的身分是花匠，可又不是眞正的花匠，而是要從這些隱喻中找出應該執行的任務？

容蓉提醒：「先看看提示的地點在哪裡吧，下一頁應該有地圖。」

林慕翻到第二頁，第二頁確實有一張地圖，正中央的公園被打上星號，代表著他目前的所在地，接著一道紅色箭頭沿著道路往左上方而去，指向西北側的一棟建築。

容蓉點了點地圖上被圈起的建築，「這是第一層最繁華的地區，和這裡有一段距離，我記得附近大多是賭場和酒店……總之，你的關卡就在那裡，到附近應該就會觸發事件，只要解決事件就能開啟關卡電梯。」

林慕問：「關卡電梯？」

容蓉說明：「就和平常搭電梯一樣，關卡電梯可以去到遊戲的任何一層，不過必須是你已經通關的樓層。」

林慕思索，「所以，就算看到別人的關卡電梯開門，也不能進入？」

容蓉點頭，「雖然每個人的關卡地點可能相同，不過得到的劇本不同，須要達成的任務也不同。」

林慕明瞭，放下劇本，拿起桌上的水杯喝了一口，閒話家常道：「對了，容蓉，這遊戲像我一樣拿紙本劇本的人多嗎？」

容蓉搖頭，「從來沒見過。」

「那妳不覺得更奇怪了嗎？」

「什麼意思？」

林慕的微笑中帶著一絲詭祕，「八、九十歲的老人有不少都沒有智慧型手機，照理說會拿到紙本劇本吧？妳卻說從來沒見過拿紙本劇本的。還有，如果所有人都是死後才來到這個世界，那麼老人的比例應該會比年輕人還高，爲什麼剛才我們一路上都沒見到半個老人？」

容蓉一愣，她沒想過這件事，從未懷疑的世界設定再次受到衝擊。

「還有，如果手機壞了呢？要怎麼得到下一關的劇本？」

容蓉回過神，心想終於有她能解答的部分了，「這裡有通訊行，玩家只要修理手機或者換新的，再重新連上網路就行，遊戲會自動下載ＡＰＰ。」

「所以確實沒有跟我一樣拿紙本的玩家，對嗎？」

容蓉有些困惑，不明白林慕爲何再三詢問這個問題。

林慕笑了笑，直勾勾地看向徐廷秋，「既然沒人見過拿著紙本的玩家，那麼，爲什麼你見到我拿著這份文件時，很自然地認爲就是第一關的劇本，一點也不驚訝？」

徐廷秋霎時說不出話。

容蓉同樣驚訝地看著徐廷秋，她確實沒意識到這點。

林慕下了結論：「我想，他大概是跟蹤妳了？所以他看見了公園裡發生的事，也聽見了我們的對話。容蓉，騷擾妳的人眞『多』啊，繞來繞去都是同一個。」

徐廷秋啞口無言，還沒來得及因林慕的話惱羞，容蓉已一掌從他後腦勺拍下，「唔！」

「徐廷秋！你又跟蹤我？」容蓉雙頰漲紅，看不出是憤怒還是害臊。

「不、不是啊，蓉蓉，我不是想跟蹤妳！只是拜託妳別每次都半夜出門，我會擔心啊！勸妳也沒用，我只好跟在後面……」

「還說不是跟蹤我！」容蓉追著徐廷秋一頓打，徐廷秋無法還手，只能繞著長桌抱頭鼠竄，「別打了、別打了，傷患不是都在一樓休息？妳這樣會吵醒他們的，嗯？」

容蓉聞言，這才停下，臉色稍霽，剩下耳尖一絲淡淡的緋紅。

徐廷秋躲到林慕身後，壓低音量說道：「兄弟，你這樣不厚道啊，幹嘛拆穿我？」

林慕微微一笑，「抱歉，我對你們的感情沒興趣，只是想確定你們和這個遊戲沒關係。我怎麼知道是不是你們裝神弄鬼，把劇本放在信箱，刻意引導我去拿呢？」

徐廷秋再次無言，終於發覺原來林慕眞正的目的並不是揭穿、也不是惡作劇，而是爲了試探。

林慕話鋒一轉，「不過，看你們的反應不像說謊，我暫時相信了。」

徐廷秋心想，這人心思如此縝密，如果他不說，根本不會有人知道他眞正的用意……

「嗶——嗶嗶——嗶！」

忽然，尖銳的警報聲驟然響起，響遍整間收容所。

這陣警報來自容蓉和徐廷秋的口袋，以及樓上所有房間，林慕不清楚發生了什麼事，只見容蓉從口袋裡拿出手機，頓時臉色大變，「是三級警戒，距離五百公尺！」

徐廷秋頓時收斂神情，與剛才面對容蓉時的慌張截然不同，「這裡是第一層，怎麼會有第三層的怪物出沒？難道是誤闖？」

林慕瞥了一眼他們的手機，螢幕上呈現鮮艷的紅底白字，寫著：「三級警戒！※備註：在您周圍有第三層怪物出沒，距離450公尺……400公尺……350公尺……」

螢幕上顯示的距離不斷縮短，地面隱隱震動，不遠處傳來震耳欲聾的狼嚎，似乎是衝著收容所而來。

容蓉和徐廷秋無暇顧及林慕，喊了一聲叫他快逃，接著便轉頭去車庫拿武器，二樓的成員們也紛紛下樓，協助疏散一樓傷患。

突然間，一陣天搖地動，天花板傳來轟炸般的巨響，室內頓時陷入黑暗。上方不斷有水泥塊掉落，並且出現詭異的呼吸聲，像是破了洞的皮囊，發出呼哧呼哧的風聲。

林慕仰頭望去，天花板被開了一個大洞，頭頂上有顆巨大的狼頭，足足有兩層樓高，血紅色的眼睛正直直盯著他，尖銳的利齒咀嚼著碎塊。

「林慕！退後！」容蓉大吼一聲，兩三下跳上樓梯，雙手握著火槍，朝巨型狼人的頭部開槍。炙熱的火焰從槍口噴射而出，強大的後座力讓她瞬間撞上牆面，但她仍穩住了腳。

巨型狼人怒吼一聲，空氣中瀰漫著燒焦的氣味，牠往後退開。

「狼系怪物怕火，我們把牠引到外面，你和其他傷患先從後門離開！」徐廷秋把林慕往後推，跟著容蓉奔向巨型狼人。

林慕回頭，只聽其他成員焦急地說：「怎麼辦？這裡有傷患需要呼吸器，不能離開！」

林慕轉動著手裡的魔術方塊，沉靜下來思考。

此時容蓉和大多成員在門口迎戰，試圖把巨型狼人擋在外頭，然而巨型狼人卻越過眾人，再次撲向收容所，似乎想將收容所夷爲平地。

容蓉吼道：「擋住牠！」

成員們一面阻擋巨型狼人，一面著急地喊：「怎麼回事？牠的目的是收容所？怪物不是只會攻擊玩家嗎？」

這時，巨型狼人後方忽然傳來大笑，接著走出一道熟悉人影，後面還跟著幾個小弟。

「那當然是因爲有我的命令。」

耗哥把玩著一枚金色手環，笑得洋洋得意。

眾人吃驚，連忙轉頭望向怪物，這才注意到巨型狼人脖子上套著一個金色項圈。

「那該不會是……獵魔圈？那不是在地獄商城才有的ＳＳＳＲ道具嗎？」

傳聞中，獵魔圈可以讓任意一層的魔王級怪物聽從持有者的指令一次，在達成指令前，怪物會一直跟隨持有者，並且吸取持有者受到的傷害，直到持有者死亡。缺點是玩家與怪物綁定，怪物若受傷，主人也會感受到疼痛……但以他們的火力，連耗哥都打不過，要擊退巨型狼人簡直天方夜譚。

有人小聲地議論：「他瘋了？那種ＳＳＳＲ道具不拿來破關，拿來對付我們！」

「該死！獵魔圈不是可以控制魔王級怪物成為自己的武器？本來就夠難搞了，這下誰還管得了黑龍會？」

眾人竊竊私語，卻沒人敢大聲喝斥，如耗哥所說，整個中央公園都是他的地盤。

容蓉沉下臉，緊盯著耗哥，對著成員們說道：「所有人注意！他有獵魔圈，攻擊他也沒用，他的生命已經和怪物綁定！不要輕舉妄動！」

成員們各個心在淌血，他們心知肚明，這次收容所保不住了。他們是連第一層都過不了的玩家，不可能抵禦得了第三層的魔王怪物。

耗哥目光越過眾人，緊盯著從收容所斷裂牆面間跨出來的林慕，露出陰寒的笑容，「這麼寶貴的道具，我本來是打算留到第十關再用……但現在，我改變心意了。」

耗哥指向林慕，對巨型狼人重申指令——

「聽好了，怪物，給我殺了他！」

原來，自始至終耗哥的目的都不是毀了收容所，而是殺了裡頭的林慕。

03 都市傳說降臨

得知眞相，有人愕然，有人暗自鬆一口氣，有人擔憂，唯有林慕大大地揚起唇角，燦如繁星的眼眸充盈著驚喜，滿臉笑容。

他還以爲找耗哥要花一點時間，得一層層掀開來找，然而現在，獵物自己送上門了。

容蓉原本一臉擔心，轉頭看向林慕時，卻被他的表情嚇得不輕。

林慕的獨臂提著一只鐵桶，笑靨如花地問容蓉：「妳說他們生命被綁定，意思是不管攻擊誰，都能傷害到一對？」

容蓉一陣膽寒，明明眼前是個身體殘缺的低階新人，而且他的對手還有兩個，一個是高階玩家，另一個是第三層的巨型怪物，但爲什麼，她會莫名替對手感到害怕？

容蓉甩開心中的疑問，擔心林慕是初來乍到、看不清情勢，趕緊解釋：「雖然是這樣，但不管你攻擊誰，怪物都會被激怒，我們全都會被牠殺死！第三層的怪物沒有你想像的那麼容易對付！」

林慕漫不經心地點頭，也不曉得有沒有聽進去，他抬頭對上耗哥陰鷙的目光，面帶笑容，眼神冰冷。

見林慕不以爲意，耗哥內心更加憤恨。他已經很久沒有看過這樣的眼神，在這裡誰不是對他鞠躬哈腰、充滿敬畏？

兩年前剛進入這個遊戲時，發現自己抽到了大牌，他本來還小心翼翼，不敢被人發現。後來有不長眼的挑釁他，而他不過出了一拳，竟然就把足足高自己一顆頭的壯漢打死。他這才赫然發現自己的體能遠比以前強大，也才知道，在第一層階級五以上的玩家寥寥無幾，即使有，也早已去了其他層。

因此他不再隱藏實力，創建了黑龍會，整座公園都歸他管。

後來他繼續擴張勢力，到了其他層地獄。然而，他在第二層遇到比自己更高階的玩家，差點被打死，而在第三層又遇上打不贏的怪物，他強烈地意識到自己「原來會死」，於是決定永遠停留在第一層。

在這裡，他不用面對長年失業的該死人生，不會因爲家暴而一再從家中被驅離，也沒有那個膽敢忤逆他、甚至捅死他的潑婦前妻。

只要一亮出撲克牌，所有人都會嚇得屁滾尿流，心甘情願地追隨他、畏懼他，一點也不敢反抗，就算命令他們必須把撲克牌放在胸前口袋，把生命交到他手上，他們也不敢有半分怨言。

但爲什麼，這小子出現了？就像那個殺了他的潑婦，竟敢違逆他……

耗哥死死盯著林慕，彷彿要從他身上挖出幾個血窟窿，「我會讓你後悔，惹到不該惹的人。」

耗哥右手一抬，巨型狼人忽然發狂地仰天長嘯，直直衝向林慕——而一道身影同時迅速閃到林慕面前，是容蓉。

她持槍想替林慕抵擋狼人的攻擊，只可惜，魔王級怪物不是人類能夠對抗的存在。

容蓉連扳機都來不及扣下，便被巨型狼人一掌揮開飛出數公尺遠，武器也掉落在地。

「蓉蓉！」徐廷秋撲過去接住容蓉，同時轉頭對林慕吼道：「快逃！」

林慕臉色一沉，趁著巨型狼人還沒轉身的空檔，朝耗哥奔去。

耗哥見狀眉頭一挑，大笑出聲：「哈哈哈！難道你想跟我打？」

林慕不過是個數字二的新人，而自己是數字六的強者，這簡直就是送死。

徐廷秋心急火燎地道：「林慕，快回來！你打不贏他！」

更別提就算眞能打到耗哥，傷害也會立刻被怪物吸收，根本不痛不癢。

林慕置若罔聞，似乎鐵了心，不惜一切代價也要踹耗哥一腳。

然而事實擺在眼前，耗哥輕而易舉躲過了林慕的襲擊，他沒有馬上回擊，而是左閃右跳，跟逗寵物玩似地，別說打中，連衣角都沒能碰到。

不過耗哥實戰經驗不少，並未因此輕敵，他不相信眞有人這麼傻，以爲憑這點實力就能打贏他，於是他觀察了一會，很快察覺一件事——打從林慕靠近自己，巨型狼人便停止了攻擊。

耗哥頓時明白了林慕的目的。

「哈！原來如此，你是故意靠過來的吧？因爲怪物不會攻擊主人，所以只要靠近我，怪物就不會攻擊你！」

林慕聞言停下動作。

耗哥爲自己的睿智沾沾自喜，得意忘形地伸手將林慕摟到懷裡，「所以說，早點跟著我不就沒事了？」

他自認大方，如果這個美人早點投降，他可以不計前嫌，讓對方做個奴隸，不過……

耗哥湊近林慕耳邊，陰沉沉地道：「可惜，命令一旦下達，就收不回來了，除非你死，否則怪物不會離開。」

一切已經來不及了。

耗哥原以爲會看見林慕震驚的臉，沒想到林慕搖頭失笑，笑得讓人春心蕩漾，說道：

「明明猜錯了，話還這麼多，是想突顯自己有多蠢？」

耗哥一愣。

接著，林慕舉起手裡的鐵桶，將裡頭刺鼻的液體倒在耗哥頭上，淋了他滿身。

「呸、呸呸……什麼鬼東西!?」耗哥抹開滿臉油漬，被刺得睜不開眼，話還沒來得及說完，林慕舉起火槍，黑漆漆的槍口指著耗哥的鼻子。

「我會讓你後悔，惹到不該惹的人。」

說完，猛烈的火焰從槍口噴出，全身被澆滿汽油的耗哥瞬間燒成火球，劇痛立時蔓延全身，他不禁發出驚恐且絕望的慘叫。

更糟的是，雖然巨型狼人替耗哥吸收了傷害，但因他身上淋滿汽油，無法立即撲滅火勢，只能被烈火不住折磨，而另一邊的巨型狼人也同樣不停承受燒灼傷害，雙方都求生不得、求死不能，只能痛苦地在地上打滾。

見狀，原本還抿著嘴盡力忍住笑意的林慕，最後還是「噗哧」一聲，忍不住大笑出來。

心中的復仇清單少了一條，實在痛快！

此刻的熊熊烈火如同人間煉獄，伴隨著一人一獸淒厲的哀嚎，和林慕令人毛骨悚然的大笑。所有圍觀者都嚇傻了，一時半會沒人敢靠近，甚至還有人小聲說道：「現在到底誰才是壞人，我已經看不懂了……」

「喀嚓。」巨型狼人頸部的金色項圈自動解開，掉落在地，指令解除。

巨型狼人身上的火焰這才總算熄滅，而耗哥渾身焦黑，癱倒在地，被小弟們慌張地抬走，不知是死是活。

乍看危機結束，但深知遊戲難度的收容所成員們卻沒有鬆一口氣，而是屏息注視著巨型狼人。

巨型狼人緩緩從地上爬起，高聳的身軀宛若一座大山，雖毛皮焦黑，全身散發著燒焦味，但依舊行動自如。眾人臉色發青，「沒有用……火燒也沒用！這就是第三層怪物嗎？」

林慕皺眉，容蓉說的沒錯，第三層怪物沒有那麼容易對付。

巨型狼人被激怒，呼哧呼哧地憤怒喘息，牠仰天長嘯，赤紅雙眼緊盯著仇人——林慕。

無論有沒有指令，林慕都必死無疑。

巨型狼人朝林慕咧開血盆大口，大小足足有一人高，足以將他一口吞下、咬碎，成為腹中食物。

兩排密密麻麻的尖牙近在眼前，林慕瞳孔一縮，「嘖」了一聲，還沒來得及想到如何應對，突然間，月光暗了一瞬，一道黑影遮住了月亮，接著從天而降。

「砰！」

一隻鑲著鉚釘的黑靴子重重踩在巨型狼人頭上，一腳將牠的腦袋碾進土裡。

這名不速之客歪頭瞧了瞧腳下昏厥的巨型狼人，似乎正在困惑自己踩到了什麼，就像僅是無意間踩到一顆石子。

接著，他抬頭，對上了林慕的臉。

林慕直視著對方，蹙起眉，眼前的人相當古怪，戴著一頂足以稱之爲可愛的兔子頭套，與粗暴的作風形成強烈反差。

哪來的傢伙？

兔頭人「哦」一聲，發出饒富興味的音節，含笑的聲音完美融合低沉與天眞無邪：「你這張臉眞好看，在哪裡買的？」

林慕沉默。

他懷疑自己聽錯了，聽過誇他長相的，沒聽過問他臉在哪買的。

兔頭人兩手一抬，摘下頭套，深黑髮絲在月光下熠熠發亮，一雙帶著爛漫笑意的眼眸微微彎起，漫天星辰都爲之遜色。

「如果不是買的，怎麼會和我長得一樣？」兔頭人問。

這一刻，即使面對巨型狼人也不曾動搖的林慕驟然愣住。

眼前這個人……居然和他長得一模一樣。

林慕怔住，還來不及開口，周圍的人先爆出驚呼：「兔、兔子頭套……難道是、是是『頑皮兔』!?」

他們的反應遠比面對巨型狼人時還要驚恐，原本那些驍勇善戰的成員甚至忘了拾起武器，一個個雙腳發軟，轉頭就跑，完全不敢與「頑皮兔」對視。

「頑皮兔居然真的存在？我以為只是都市傳說……」

「頑皮兔出現了！快、快逃！」

「他、他不是只在第十層出沒嗎？為什麼會出現在第一層！」

所有人抱頭鼠竄，驚恐萬分。

身為副所長的徐廷秋不得不挺身而出，他一面勸阻受傷的容蓉，不讓她爬起身安撫成員們，一面硬著頭皮對所有人大吼：「他脫頭套了！別看他的臉！聽說看到的人都會死！」

事實上，不用徐廷秋說，所有人都知道這個都市傳說。

傳聞中，第十層有個不知是人、怪物，還是ＮＰＣ的「殺人魔玩家」，他總是戴著一頂可愛的兔子頭套，性格如外表般像個孩子，手段卻十分殘忍。所有第十層的怪物、甚至是玩家，都是他的玩具，他能輕易納入掌心，愛不釋手地玩弄，直到殘破不堪，最後失去興趣，便如同廢物般丟棄。

所以，千萬不能被他「看上」，絕對不要注視他的眼睛。

就連第十層的大佬們都聞風喪膽，不敢輕易提起這個人，避之唯恐不及。

他有個名字，卻沒人敢直呼其名，因此以「頑皮兔」稱呼。

關於他的事蹟，這些不過九牛一毛。

不過由於太過駭人聽聞，低階層的玩家都以爲只是都市傳說，如今才得知，原來「頑皮兔」眞的存在。

沒能逃走的人此時個個不敢再輕舉妄動，就怕驚動傳說中的殺人魔。

因爲沒人敢看，所以也沒人發現他的容貌與林慕相同。

剛進入遊戲的林慕無法理解旁人的反應，不過即使聽見徐廷秋的警告，他依舊無所謂地直視著頑皮兔。

林慕打量著那張和自己一樣的臉，對方臉上的表情卻是他從未有過的天眞笑容，不免感到不適與噁心。

這個人到底爲什麼和他長得一模一樣？該不會……自己其實有個雙胞胎兄弟？

林慕想像了兄友弟恭的畫面，忍不住一陣惡寒，他一點也不想叫人哥哥，也不想有個免費弟弟。

頑皮兔似乎不介意林慕沒有回答自己的問題，他注視著林慕，目光竟有些痴迷。

林慕見過很多次這種眼神，但長年的警戒心讓他察覺了不對勁——這個人看他的眼神，不像在看一個人，更像在看一尊漂亮的陶瓷娃娃。

因爲是陶瓷娃娃，所以就算不會回答也無所謂。

頑皮兔繼續喃喃自語：「你的眼睛好漂亮呀……對了，我可以挖下來收藏嗎？」

頑皮兔雖然笑著，語氣裡卻毫無玩笑之意，彷彿只要林慕點頭，下一秒臉上就會只剩兩個空洞的窟窿。

林慕這才終於開口：「不行，滾開。」

頑皮兔一臉失望，卻沒有放棄，可憐兮兮地說：「一顆半都不行嗎？」

林慕冷著臉，「滾。」

眾人依舊不敢抬頭，膽戰心驚地聽著他們荒唐的對話，心想：快逃啊！怎麼還敢跟殺人魔討價還價！

林慕緊盯著頑皮兔，提防對方的一舉一動，並非他不逃，而是憑藉多年來磨練得越發敏銳的生存本能，他知道，逃了只會讓對方更興奮。

林慕沒有眨眼，但頑皮兔不知何時竟箝住了他的下巴，強行往上扳。

林慕瞠目。這人什麼時候動的手！

兩人距離極近，頑皮兔額前的髮絲甚至落到了林慕臉上，林慕非自願地聞到了頑皮兔身上淡淡的菸草味。頂著這張天真且殘忍的臉，卻散發這般成熟沉穩的香氣，讓人感到衝突，又詭異地合適。

林慕想掙脫，然而幾次掙扎無果，頑皮兔力氣大得不像話，無論如何拉扯皆紋絲不動，最後他只能狠瞪著對方。

頑皮兔審視著林慕的眼睛，似乎在考慮要從何下手，林慕腦中思緒快速運轉，一面想著該如何脫身，一面暗暗決定：就算要死，死前也要折斷對方的手。

時間彷彿過了一世紀那麼久，頑皮兔突然想起一件事，因此暫時沒有動手，「所以你的臉到底在哪裡買的呢？」

林慕沉默。這傢伙怎麼還在想這個？

接著，頑皮兔說的話卻出乎他意料——

「我是在地獄商城買的哦，我對這張臉一見鍾情，商城明明說限量一個，我想說買下來就只有我能天天看呀！爲什麼你也有呢？明明應該只屬於我的，唔……我要把你的臉剝下來。」

林慕無語地聽完頑皮兔的絮絮叨叨，總算明白眞相。地獄商城，就是容蓉提到的那個什麼都賣的商城？居然連他的臉也敢賣。

林慕冷笑，內心的復仇計畫又有了新目標。總有一天他會進去那個地獄商城，讓他們付出代價。但首先，他得先解決這個傢伙。

「誰剝誰的臉？你才是盜版，給我撕下來。」林慕嫌棄地盯著「自己」天眞無邪的表情，怎麼看怎麼噁心。

「咦？」頑皮兔困惑一會，很快意識到什麼，帶繭的手指拂過林慕的臉頰，又往下挪到頸部，反覆摩娑，「沒有……怎麼沒有接縫？也沒有條碼……」

林慕忍著噁心感，面對暫時贏不了的敵人，他不會輕舉妄動。長期在街上求生的第六感，以及周遭所有人的反應讓他清楚明白，這個人並不是耗哥那種好解決的過街老鼠。他林慕就算要死，也要死在自己手裡。不過，這不代表他會爲了活命迎合瘋子。

「沒有什麼鬼條碼，脫下我的臉，冒牌貨。」林慕冷冷地說。

頑皮兔發出一聲驚呼，鬆開手，不敢置信地繞著林慕團團轉，彷彿發現了稀世珍寶，興奮地不停讚歎：「真的嗎？這是你的臉？世界上真的有這麼好看的臉？」

頑皮兔這裡摸摸、那裡捏捏，特別愛不釋手，林慕不耐煩地揮開他的手，偏偏頑皮兔的動作快得不像話，像隻煩人的蚊子揮之不去。

頑皮兔甚至報上了自己從來沒有任何人敢稱呼的姓名，「我叫李眞，你叫什麼名字？從哪裡來的？」

周圍有人忍不住發出一聲驚叫，聽見頑皮兔的眞名讓他害怕得呼吸困難，瑟瑟發抖，其他人趕緊摀住他的嘴，即使聲音不大，但已經來不及了，聽覺靈敏得不似人類的李眞看向了他們那邊——

就在眾人以為要完蛋時，地面傳來陣陣動靜，原來是被李眞踩在腳下的巨型狼人恢復了意識，龐大的身軀抽動兩下，睜開猩紅的眼。

巨型狼人發現居然有玩家膽敢踩在牠頭上，面對人類接二連三的挑釁，牠怒吼一聲，渾身炸毛，拱起了背部，徹底發狂。

李眞從牠身上跳開，巨型狼人伸爪一揮，掃起的狂風讓兩旁樹葉颯颯作響，甚至整排樹幹和街燈被攔腰截斷，有幾人來不及逃跑，當場被劈成兩半，死無全屍。

緊接著，巨型狼人跳到李眞面前，地殼轟隆震動，牠朝李眞大聲咆哮，周圍的人痛苦地摀住耳朵，耳內嗡嗡作響，更別提最靠近他們的林慕。

林慕深深蹙起眉，耳膜刺痛，嗡鳴不止，暫時聽不清外界聲音，只看見李眞單手插在口袋，面對巨型狼人，雙唇一開一合。雖然聽不見在說什麼，但從唇語讀起來像是——

「你擋到我了。」

說完，李眞伸出食指，推開巨型狼人的腦袋。僅輕輕一推，巨型狼人兩眼一翻，頭顱瞬間爆裂。

爆開的頭宛若核彈，大量密密麻麻的肉塊炸飛數百公尺遠，鮮血遍布樹林和草地，收容所的成員們被濺了滿身，再也顧不得會驚動頑皮兔，紛紛尖叫著逃跑。

李眞眨了眨眼，瞧著地上斷頭的巨型狼人，「咦」一聲，又不解地看著自己滿手的鮮血，還含了下沾滿血漿的手指，最後一臉無辜地望向林慕，好似不小心把黏土弄得滿身都是的孩子。

林慕親眼見識了李眞驚天動地的破壞力，一時之間頓在原地，接著，有人從旁邊扯了他一把，慌忙將他拖離李眞面前。

容蓉模樣狼狽，臉色十分難看，拉著林慕的手不停顫抖，「快走！趁他還沒對你出手……你才剛進入遊戲不知道，他是多可怕的——」

兩人的面前突然出現一道陰影，擋住了去路。

李眞笑著，露出兩顆小小的虎牙，說道：「爲什麼把他帶走？沒人能搶走我的東西。」

容蓉這一刻才知道，已經來不及了。

無論是她現在想逃跑。

還是林慕想逃出頑皮兔的手掌心。

——早在頑皮兔見到林慕的第一眼，這個讓人聞風喪膽的都市傳說，就已經看上他了。

李眞將手伸向妨礙他的容蓉，這時，徐廷秋不惜代價地撲過來，將容蓉推倒在地，下一刻卻被強大風壓掃過背部，「呃」一聲，嘔出了鮮血。

還剩半條命已是萬幸，要不是他早在容蓉掙脫自己、硬是衝來幫助林慕時，就已做好準備，肯定來不及救下容蓉。

「徐廷秋！」容蓉驚慌地喊，著急地檢查對方身上的傷口。

林慕沉下臉色，轉身看著李眞。

李眞眼眸彎起，背著光使他的臉布滿陰影，他帶著天眞的笑容吐出殘忍的話語：「我喜歡你……的臉，你不能離開。」

兩人對視的目光彷彿挾帶火花，在半空中針鋒相對，誰也不讓誰。

林慕默默拾起地上的一塊石頭碎片，抵住自己的臉龐，細緻的肌膚顯得十分脆弱，只要輕輕一劃就會出現傷口。他面不改色地說：「那我就毀容吧。」

李眞頓時變了臉，放蕩不羈的姿態瞬間消失，像極了害怕失去骨頭的大狗，「等等！別傷害它！我知道了、我知道了，我會聽話！」

眾人聞言滿臉震驚，接著又看見頑皮兔抱住林慕的大腿、求林慕把碎片放下，他們開始深深懷疑自己是不是因爲太過害怕而產生了幻覺。

林慕垂眸，冷眼瞧著扒住自己大腿哇哇叫的李眞。

「我知道了！」李眞站起身，按住林慕的肩，雙眼閃閃發亮。林慕的肩骨差點被他捏碎，頓時咬牙切齒地想：這個瘋子……如果逮到機會一定要折斷他的手……

李眞笑嘻嘻地說道：「你不跟我走的話，那我跟著你好了！」

林慕：「……」我有同意嗎？

李眞又道：「我會一直跟著你，直到你死爲止！」

林慕呵一聲，嘲諷道：「你想跟我私定終身？難道我還要說我願意？」

李眞歪頭，「沒有呀，很多新人三天就死了。」

林慕：「……」

04 無法拒絕的誘餌

幾天後，遊戲系統自動重建了收容所，不過內部依然有相當多被破壞的雜物須整理，雖然建築毀了一半，但慶幸的是在這場騷亂中沒有成員傷亡。

只是，發生了另一件更令人嚇破膽的事——新成員林慕住進了二樓最後一間房間，同時，那位傳說中的頑皮兔也自動入住了。

成員們惶恐地問容蓉：「容姊，妳怎麼會讓頑皮兔住進來……」

容蓉面有難色，「你們覺得我能阻止他嗎？」

不能、不可能。

頑皮兔對玩家們而言，是個恐怖的都市傳說。

儘管他現在看起來人畜無害，但所有人都知道，他是早已突破十層的玩家，卻始終不離開遊戲。有人說，這是因爲他捨不得自己養的寵物，他把整個遊戲裡的玩家都當成了自己的寵物。

頑皮兔喜怒無常，行事隨心所欲，據說有一次他心血來潮到第五層踏青，離開的時候，系統發出公告，第五層整層封閉。當時所有關卡和布景進行了緊急維修，許多待了二、三十年的老玩家都表示從未遇過這種事。

他是足以動搖整層遊戲世界的人，如今卻出現在他們收容所裡。

大家一開房門，就能目睹傳說中的頑皮兔坐在二樓欄杆上玩林慕的智障型手機，或者去上廁所時，會剛好遇到一個戴頭套的人洗完澡哼著歌走出來，又或是吃飯的時候，得看著他跟林慕長著一模一樣的臉！

他們連帶對林慕的臉都要有心理陰影了，經常作惡夢被嚇醒，天天膽戰心驚、如坐針氈。

這些天頑皮兔都住在林慕房裡，原因是他只跟著林慕，而且只有林慕不怕他。既然他是林慕帶來的，那就有義務「看好他」。

不僅如此，林慕和頑皮兔一開始看似針鋒相對、水火不容，然而自從住進收容所以後，兩人竟然相安無事，不知道的還以爲他們很久以前就認識了。

可一個是成名已久的怪物級大佬，一個是幾天前剛加入的新人，理應毫無瓜葛，怎麼能相處得如此融洽？

趁頑皮兔不在，再也承受不住心理壓力的眾人拉著林慕嘰嘰喳喳地說了頑皮兔的種種事蹟，見林慕依舊淡定，皇帝不急急死太監，有人苦口婆心勸道：「我知道你剛加入遊戲，可能還沒聽過這些傳聞，但你知道嗎，上一個被他『看上臉皮』的人，據說現在他的人皮還掛在第十層的門口曬呢！而且啊，他目前是戴著你的臉沒錯，可如果哪天心血來潮脫下來呢？聽說看過他真正的臉的人都會死……」

聽完頑皮兔駭人聽聞的劣跡，林慕只吐出一句：「無人生還的話，消息怎麼傳出來的？智障。」

眾人都無言了。

用過晚餐，林慕回到房間，只見李眞躺在床上用他的手機玩貪食蛇，玩得不亦樂乎。

林慕挑眉，「有這麼好玩？你的手機也能下載吧。」

他的手機在這地方沒什麼用處，但李眞第一次看見他的手機時卻彷彿發現新大陸，十分興奮，愛不釋手。

林慕不懂，李眞的手機是當季最新款，想玩什麼遊戲都不是問題，但這傢伙放著昂貴的新手機不玩，偏偏要玩十年前某個社會福利團體送給他的破手機？

「彩色的看膩了，我現在只喜歡黑白。」李眞瞥了眼貪食蛇滿屏的破關畫面，瞇起眼睛對著林慕笑，語氣帶著一絲曖昧，「例如，黑色的頭髮、黑色的眼睛和白皙的皮膚……」

面對李眞如同滑溜溜的蛇一般纏在自己身上的目光，林慕面無表情地想：你自己現在也是黑髮黑眼吧？

「慕慕，我可以看看你的身體嗎？」李眞放下手機，每次只要林慕在身邊，他便會立刻對這個沉迷數天的玩具失去興趣。

李眞赤裸的眼神掠過林慕緊身衣的胸前，彷彿想洞穿內部的一切。

雖然所有人的衣服都是由遊戲分配，款式大致相同，然而林慕分配到的設計異常裸露，所有細節無一不在凸顯林慕雌雄莫辨的冷艷與性感。

林慕安靜片刻，拿起桌上的魔術方塊，漫不經心地把玩，「你什麼時候學會禮貌了？怎麼不直接動手。」

「我答應過你會乖乖聽話，而且如果我這麼做，你會毀了自己的身體。」李眞遺憾地道。

這個瘋子，直覺倒是挺準。林慕心想。

林慕轉動著魔術方塊，最後放回原位，「跟我來。」他走出房間，李眞雙眼發光，亦步亦趨地跟上，就像聞見肉味的小狗。

房門關上，一室寂靜，只剩桌上那個已經破解的魔術方塊留在原處。

林慕帶著李眞走進浴室，關門後打開熱水，熱騰騰的蒸氣很快瀰漫整個浴室。

在白霧茫茫中，林慕慢條斯理地解開一顆顆襯衫釦子，白色薄衫落在腳踝，一切如同無聲的慢動作鏡頭般唯美。

李貞看得目不轉睛，霧氣讓他灼熱的神情變得模糊不清，唯有那雙黑色眼瞳猶如磨亮的刀子，眼神銳利得發光。

林慕十分厭惡這種充滿慾望的注視，不過他沒有發怒，而是默默關起水龍頭，說道：「聽說你曾經毀掉一層遊戲，讓系統不得不把整層關閉，是眞的嗎？」

這就是林慕同意李貞跟著自己的眞正原因。

——首先，李貞是從第十層來的，可能了解遊戲更多內幕。再後來，聽說頑皮兔的事蹟後他更加感興趣，因爲很不巧，他的目標之一也是毀掉這個遊戲。

「唔……」李貞沒有正面回答，但從他猶豫的表情可以見得很有可能是事實。

林慕進一步追問：「怎麼毀的？」

李貞搖頭，「我不想說。」

林慕想起其他人說過的話，頑皮兔隨心所欲，凡事都要看他心情，如果他不想說，那麼誰也無法令他說出口。

除非，讓他改變意願。

林慕拉下上衣頸部的拉鍊，無袖緊身衣被解開，只要輕輕一扯，就能看見完整的上身，無論是白皙的胸膛，還是纖瘦的腰部。

林慕對李眞說道：「如果你告訴我，我就允許你碰觸，一分鐘。」

他面色毫無波瀾，冷脆的嗓音卻說出惹火的誘惑，這種反差能讓任何人口乾舌燥。

李眞也不例外。

李眞雙眼發亮，彷彿飢餓已久的小狗看見肥美的肉塊，滿臉寫著渴望。

接著他陷入自我掙扎，一會興奮，一會苦惱，最後難以忍受地彈起身，「一小時！」

「兩分鐘。」

「至少三十分鐘嘛……」

「三十秒。」

「好好好，兩分鐘、兩分鐘！」

林慕點頭，抬了抬下巴，示意李眞可以開始說了。

李眞說道：「那時候，我把大樓毀了。」

「就這麼簡單？」林慕狐疑。

「唔……系統叫我不可以說出去……總之，它不喜歡我們脫離劇本行動。」

林慕「哦」了一聲，雙眸含笑。原來他見過系統啊，很好，這就是他要的，不急，以後有得是時間套話。

林慕又問：「不過，這遊戲不是虛擬的嗎？就算毀了大樓，應該也能很快透過系統重建，爲什麼須要關閉整層？」

「我也不曉得，可能是因爲我毀了不只一棟？」

「什麼？」

「我毀了整層一百八十九棟。」

「……」

李眞回想起當時的場景，笑得十分開心，並且毫無歉意。

林慕想像了下畫面，也覺得有些有趣。

他們並不知道彼此在這一刻達成了共識。

林慕喃喃自語：「果然，不斷強調要闖關是有所目的，還刻意設計出『劇本』，讓玩家照著遊戲的規劃行動……」

他陷入沉思，因此沒注意到李眞已經來到面前。

「我可以領獎勵了嗎？」李眞的嗓音在密閉的浴室裡顯得有些悶，聽起來比以往還要低沉，他一面說的同時，手已經放上林慕的腰側。

他不再等待，指尖勾住衣襬，往上一拉，輕鬆褪去了礙事的上衣。

林慕因爲突如其來的涼意瑟縮了下，皮膚泛起雞皮疙瘩，又被李眞的手輕輕撫過。

李眞的手很燙，指甲意外地修剪整齊，指腹在林慕身上流連忘返，他忍不住發出低喃：「眞美……」

說著便俯下身，把臉湊向面前誘人的胸口——林慕立刻推開他的臉，「不准咬！別得寸進尺。」

被看透了想法，李眞不滿地皺著臉，環住林慕腰部的手驀地收緊，像孩子鬧脾氣似地牢牢抱住。然而他的動作一點也不天眞無知，指尖有目的性地下滑，劃過線條分明的腹部，碰向褲襠的拉鍊。

林慕察覺到危險，抬腳直接往李眞腹部一踹。

李眞看起來並不強壯，踹下去卻很堅硬，而且連後退都沒有，反倒林慕一個踉蹌，差點往後跌，他忍不住啐罵出聲。

李眞並不在意懷中人的小動作，感覺和被小貓撓癢差不多，此時的他正全神貫注、痴迷地注視著林慕的身體。

由於林慕剛才的掙扎，褲頭在拉扯中被脫下一截，露出了更接近三角地帶的下腹，有漂亮的肌肉線條，還有性感的恥骨。

李眞兩眼發直，喃喃囈語：「眞漂亮，我沒看過這麼漂亮的人……唔，還是有過？不記得了。」

林慕心中生起更強烈的危機意識，翻身想躲開，這時李眞突然「砰」地將林慕一掌按到牆上，令林慕猛地往後一撞，臉頰也貼在冰冷的牆面。

這個該死的瘋子！

李眞的下腹緊貼著他，異物感抵在臀部，令他瞬間黑了臉。

「滾……」林慕話還沒說完，便感覺李眞的手如蟒蛇從後方攀上頸部，掌心掐住他的臉，強扭轉正，逼迫他面向鏡子。

李眞嗓音低沉地說道：「你也應該看看這張臉，多麼好看。」

鏡子裡，林慕看見自己因憤怒而面紅耳赤，而貼在他身後的男人藏在陰影之中，一雙灼熱的眼睛如同潛伏在黑夜裡窺探獵物的猛獸。

林慕生平第一次嘗到一絲後悔。

或許，他惹到的不是小狗，不該丟給對方肉骨頭——現在，野獸樂意之至地入了陷阱，不肯走了。

♠

一個星期後。

林慕整裝出發，離開收容所。

他打算依照遊戲的指示去闖第一關。

當然，這並不是因爲他相信那些「重生」、「嶄新的人生」的獎勵，而是因爲他必須獲得更多資訊，才有可能離開遊戲……

不，應該說，他要毀掉這個遊戲，回到屬於自己的地方。

林慕來到公園大門口，原本瀰漫在大街上的濃霧左右散開，讓出其中一條道路。

他掏出背包裡的地圖，上頭畫出的紅線和眼前道路方向不謀而合，就像在指引他前進。

或許這在遊戲中是常態，系統總會給予玩家方向，但林慕卻覺得怎麼看都宛如陷阱。

只按照遊戲給的路走，就註定了他們只能走出遊戲想要的結局。

林慕自然不會乖乖照做，他把地圖放回包裡，翻轉著魔術方塊，頭也沒回地問身後的人：「你們進去過迷霧嗎？」

「怎麼可能？進去的人都沒回來過！」／「我進去過！」

兩道內容完全相反的聲音同時答道。

容蓉用驚恐的眼神看李真，李真歪了歪頭，似乎很困惑，又重複了一次：「我真的進去過。」

徐廷秋立刻把容蓉拉得老遠，小聲地道：「不是叫妳離他遠一點嗎？」著急的模樣活像不讓女兒接近可疑男子的老父親。

林慕看向李真，面前這張與自己一樣的臉孔露出天真的表情，不管看幾次都有些噁心。

經過上週在浴室發生的事情後，他就拒絕再帶這個瘋子一起行動，但偏偏對方是個甩不掉的橡皮糖，加上李真與系統有瓜葛，雖然這幾天自己無論如何套話這傢伙都不肯說關於系統的事，但留著多少還有用處，只能暫時讓這傢伙跟著，條件是別再戴那個引人注目的兔子頭套。

林慕在腦中的復仇清單上給李真又記了一筆。

林慕問李真：「霧裡面有什麼？」

李真思索，「唔……白白的。」

林慕無語，「不用你說我也知道，說點實際的。」

李眞又思考半晌，擠出幾句話：「裡面有很多人，他們都在哭，還有尖叫，好像迷路了。」

「然後呢？」林慕皺眉。看來這霧並不單純，如果像李眞說的裡面有很多人，爲什麼從外面看來一個人都沒有？甚至沒聽見半點聲音。

「他們都聚在一起，明明不知道方向，還都跟著一個一樣不知道方向的人走。」

「後來你怎麼出來的？你找到方向了？」

李眞搖頭，「我就往人少的地方走，越走人越少，最後走了很久都沒看到人，不知不覺就出來了。」

林慕深深感覺到遊戲的惡意。

他想到兩種可能，要不是帶頭的那個根本就不是人，要不就是遊戲看哪裡沒人，便把出口往那裡設。

透過李眞的描述，林慕明白了「迷霧」和「第一層關卡」實際上是兩個截然不同的空間，即使硬闖迷霧，也無法到達其他地方，只會受困其中，硬闖毫無意義。

林慕停下翻轉魔術方塊的手，邁開步伐，循地圖指引的路線前進。

容蓉和徐廷秋見狀鬆了口氣，他們不約而同地想，就算林慕突然衝進迷霧，他們也一點都不意外，只是沒把握能拉住他。

事實上，他們之所以跟著林慕，正是因爲擔心這一點。

一方面是爲了報答林慕替他們解決了黑龍會，另一方面是因爲，林慕不僅是個新人，階級還是數字二，而且一進遊戲就斷臂，還莫名其妙招惹了頑皮兔這個重量級的不定時炸彈。

容蓉和徐廷秋知道，即使頑皮兔現在看起來再「疼愛」林慕，也不能掉以輕心，因爲他隨時都有可能翻臉。

兩年前，第六層曾經發生過一場毀天滅地的災難，第一到十層的怪物因不明原因全都聚集到第六層，怪物數量遠遠超過玩家數量，導致第六層變成人間煉獄，玩家成了怪物們的糧食和玩具，後來被稱作「十一月十號事件」。

當時僥倖逃出的少數玩家到各層求救，許多菁英玩家得知消息，紛紛前往第六層營救，把受困的玩家帶到低層。這件事驚動了整個遊戲世界，因此連遠在第一層的他們都曉得，有些因十一月十號事件重傷的玩家，至今仍待在收容所。

當年正是由於這些事，讓容蓉見證了玩家之間人性的光輝與友愛，更堅定了她繼續經營收容所、照護弱勢的決心。

然而，在那場災難中，長期居住在第十層、經常四處散步的頑皮兔卻不見蹤影。

因此所有人都不約而同地想：這樁慘劇的背後，很可能出自頑皮兔之手。

畢竟只有他有能力操控第十層的怪物，也只有他能夠撼動系統。據說在那場災難之前，頑皮兔還不是個人人聞風喪膽的存在，他只是比一般玩家強大，性格較隨心所欲而已，他三天兩頭找遊戲的碴，還經常深入那些據說最靠近「神」的核心、如岩漿般危險的禁地，多次被系統驅逐。

有傳聞說，那次的怪物混戰就是因爲頑皮兔再三挑釁，使得「神」震怒，「神」對不自量力的人類降下嚴厲的責罰，讓世人見識神威。

而頑皮兔則被「神」關了禁閉。

直到幾個月後，頑皮兔才再次出現在眾人面前，他笑得沒心沒肺，像什麼事也不曾發生一樣，但他瘋了。

他的行爲模式越來越瘋癲，殺人不眨眼，最終成爲每個人的心理陰影。

在一行人各有所思的同時，眼前迷霧漸漸散去，不遠處能聽見熱鬧的喧譁聲，象徵著他們逐漸接近第一層最繁華的中心。

林慕抬眼望去，映入眼簾的是一座鑲滿霓虹燈的大型拱門，最上方有一塊閃亮的招牌，白底紅字寫著「歡迎光臨新地獄賭城！」兩道雷射光由下而上直竄天際，在漆黑的高空投射出新地獄賭城的字樣。

進入這座拱門，便正式踏入了第一層的不夜城。

林慕回頭，對容蓉和徐廷秋說道：「你們就送到這裡吧。」

兩人一頓，正想開口，林慕打斷了他們的話：「之前說好了，只送到門口。」

他們面面相覷，默默無語。

林慕原本拒絕讓他們跟隨，是兩人極力堅持至少送到門口。

本來他們是想，人都到這裡了，林慕沒道理再趕他們回去，想不到才剛到便聽他這麼說。

容蓉皺眉，「林慕，你……」

林慕突然道：「容蓉，我說過了，我最不需要的就是同情。」

容蓉愣住。

徐廷秋挺身而出，「林慕，容蓉她沒有惡意，也不是想傷你的自尊心……」

「不用說了。」林慕右手插著口袋，抬頭望向招牌，「你們也沒來過這裡吧？八成連這個招牌都沒見過，否則當初不會說得含糊不清，連『新地獄賭城』的名字都說不出來，什麼都不懂就別跟來，有些人需要你們照顧，有些人不用，回去吧。」

徐廷秋又氣又急，「林慕，你怎麼這樣說？你還不知道這個遊戲有多危……」

「廷秋，別說了。」容蓉制止他。

徐廷秋有些心疼，卻見容蓉笑了，「我明白你的意思了。」

林慕說得很絕，乍聽像在罵人，但隱隱約約間，容蓉聽出了林慕的眞意。

她身爲收容所的管理者，所裡還有許多傷患等著她照顧，如果她在這裡出了事，那些人又該如何是好？

容蓉對林慕說：「抱歉，是我思慮不周，我知道你不需要同情，但當年老醫生救了我一命，我只是想回饋給任何需要幫助的人，並非輕視你。林慕，人在世界上不可能只靠自己活下去，希望有一天你能明白。」林慕確實不明白，他不需要任何人，他可以靠自己在街上活下來，也可以考上學校，只要他想要，死也會做到。

兩人握手道別，容蓉鄭重地說：「林慕，多保重，日後再見。」

林慕點了點頭，「嗯，少了我，或許妳會發現身邊的人還是沒有我好。」

容蓉哈哈大笑，拉著還沒搞清楚狀況的徐廷秋轉身就走，走得瀟灑，沒有回頭，遠遠還能聽見徐廷秋的哀號：「等、等等，你們在說什麼？蓉蓉！妳和林慕到底……」

林慕望著他們走遠，眼底閃過惡作劇得逞的笑意。

「慕慕。」李眞把臉湊到林慕面前，眨也不眨地盯著他瞧，「你對他們好溫柔，爲什麼對我這麼凶？」

林慕無語，「你對溫柔的定義有問題。」

「我不喜歡你對他們好，早知道不該放他們走……唔，還是讓他們再也不能走？」李眞嘟囔著，語氣十分認眞。

林慕無視一臉可憐兮兮的李眞，踏入賭城拱門，四面八方全是七彩絢爛的霓虹招牌，包括賭場、酒吧和成人秀場等等，街上人來人往，林慕聽見有些人談論著其他層地獄的事，顯然都是早已突破第一層的玩家，大概是回來享受夜生活。

林慕低著頭，由於來往人潮眾多，他和李眞並沒有引起太大注意，但依然有幾個人回過頭，想看清楚他們的容貌，只是他們早已走遠。

林慕依循著地圖，找到了目標建築。

那是整條街佔地最廣、足足由三棟高樓組成的一座賭場，名爲「新天堂賭場」。

通往大門須要經過大約兩百公尺長的紅毯，周圍是修剪整齊的草地，紅毯中央有一座巨大的噴水池，周圍環繞著紫紅雷射光，中間是一尊純金打造的女神像，脖子、手臂和腳踝鑲滿寶石，水池裡堆滿硬幣，不知承載了多少貪婪的願望，又有多少願望真的實現。

林慕遠遠望見賭場門口沒有警衛，只有兩座高聳的天使雕像，黑曜石門板緊閉，左右兩道金色的弧形門框像一對天使的翅膀，營造寧靜與和諧的假象，看不清內部的真實情況。

林慕來到大門前，先是聞到一絲菸味，接著雕像後方傳來一聲口哨：「有沒有興趣跟哥哥們一起玩？」

陰暗的角落裡站著四個男人，他們斜靠在一輛高級轎車旁，身穿黑色西裝、打著領帶，嘴裡叼著菸，手裡把玩黑紅色的籌碼，顯然是暫時來外頭透透氣的賭客。

林慕瞟了他們一眼，「玩什麼？」

賭客們原以為會得到羞赧或者害怕的反應，沒想到林慕問得如此直接，他們面面相覷，之後迸出大笑。

「哈哈哈！玩你的××××××！」其中一個打著黃色領帶的男人說了句不堪入耳的下流話，其他人笑作一團。

林慕原本想從他們口中套話，了解關於賭場內部的訊息，但一聽他們低俗的用詞，立刻明白了他們的素質——套什麼話？照這種水準，不用聊兩句就會自己全盤托出。

藍色領帶男人不懷好意地說：「跟哥哥們一起進去玩穩賺不賠！只是，想賭，要先看你有沒有籌碼。」

林慕身上沒有現金，就算不想賭博，想進賭場還是必須換點籌碼，這也是他之所以同意帶著李眞的原因之一。

林慕對李眞說道：「幫我換點籌碼，我幫你贏回來，一千倍。」

05 遊戲群組

從小爲了生存混跡賭場和酒吧，林慕熟知賭場伎倆。

贏錢對他來說並非難事，儘管他從未這麼做，因爲他見識過太多淒慘的下場，一個人一輩子輸的錢，永遠比贏來的多，賭博註定血本無歸。

原本李眞正在踢地上的石子，神情百無聊賴，似乎對這座賭場一點興趣也沒有，但聽見林慕問話，他雙眼瞬間一亮。

李眞沒想到看起來純潔又美麗的林慕竟然深諳此道，他的眸裡終於燃起一絲興味，不過很快便熄滅，彷彿一隻垂著耳朵的小狗，失望地說：「沒有錢。」

林慕挑眉，「什麼？」

李眞無辜地說：「都拿去買你的臉了，一張臉十三億六千八百七十三萬兆京。」

林慕不知該震驚李眞哪來那麼多錢，還是他的臉居然這麼貴。

賭客們雖然沒完全聽懂他們的對話，至少也能聽出他們換不了籌碼。

「想要多少籌碼？哥付得起。」黃色領帶男子猥瑣的視線在林慕身上流連，「憑哥的撲克牌，想要多少籌碼有多少，你只要負責躺好。」

林慕裝作沒聽見對方的羞辱，開口道：「撲克牌可以換籌碼？」

「是啊，這座賭場可以用撲克牌，也就是你的命來抵押，階級越高的撲克牌能換到越多籌碼……所以你放心，哥的籌碼夠你玩一輩子，哈哈哈！」

哦，原來如此，可以用命換籌碼，那就不用擔心了。

不出林慕所料，這些人果然沒幾句話便托出他想要的訊息，見他們已毫無利用價值，林慕也懶得多費唇舌，轉身就要離開，黃色領帶男子怪腔怪調的聲音卻從身後響起。

「你確定要走？數字二能換到什麼籌碼呢。」

林慕頓住腳步。

這些人爲什麼知道他的撲克牌數字？

「你就是上禮拜在公眾群組引起騷動的那個新人吧？」黃色領帶男子詭笑，拿出手機亮在林慕面前。

畫面上是個未曾見過的通訊軟體，介面全黑，黃色領帶男子指著其中一條訊息，看頭像顯然是耗哥，發訊日期是上上禮拜六，也就是他來到這個遊戲的第一天，內容寫著：「R市中央公園，超辣婊子抽到數字二，速來」。

林慕快速瞟了眼群組名稱，「第一層：錢幣組」，成員竟多達兩千多人。

錢幣組？是什麼組織？

黃色領帶男子和同伴們對視，笑道：「一個低等賤民發的訊息，我原本理都懶得理，想不到後來有人拍到你的側臉，群組都炸了，竟然真的來了個上等貨色！」

林慕皺眉，沒想到耗哥自稱地方老大，撲克牌數字六，卻被這群人稱作低等賤民，連喊名字都不配，看來這些人的數值至少在六以上。

「沒想到你能活到現在，只少了隻手臂，還沒被玩壞啊……」黃色領帶男子咧開猥瑣的笑容，「那麼，就輪到哥哥們玩了。」

話音方落，林慕感到背上猛然有股無形力量襲來，將他強行壓制在地。

他拚命想爬起身，身上的力量卻重得讓他胸腔悶脹，喘不過氣，甚至連李真都跟著蹲下，他不禁震愕。難道這些人比李真還高階？

黃色領帶男子拉開外套，亮出暗袋中的槍，笑了笑，「我們和那些自稱某某會、某某黨的不入流垃圾不一樣，我們是錢幣組的幹部。」

錢幣組……就是剛才看見的那個群組。

藍色領帶男子見林慕蹙眉，瞭然一笑，「老黃，這小妞才剛進遊戲，哪見過我們錢幣組？你還不親切點跟人家介紹！」

「哎呀，都怪我，看到美人就糊塗了。」黃色領帶男子拍了拍腦袋，蹲下身，漆黑的槍口敲了敲林慕的頭頂，「我們跟那些低等玩家創來自嗨的群組不同，我們是遊戲內建的群組！每一層只有一個經過系統認證的群組，第一層就是我們錢幣組，這樣你明白了嗎？」

林慕眸底閃過一絲陰冷，沒有作聲，只靜靜地聽著。

黃色領帶男子相當滿意林慕的識相，但並未掉以輕心，而是持續壓迫著林慕，讓林慕的頭部彷彿被千斤力量重重壓下，連頭都抬不起，「在群組內實力越強、貢獻得越多，就有機會像我們一樣成為幹部……只要成為幹部，就能獲得系統給予的特殊能力，例如我現在對你施展的威壓。」

男子表面在解釋組織運作，實則在向林慕炫耀自己的實力，讓他明白雙方天差地別的差距。

林慕咬緊牙關，渾身顫抖。

記憶中的屈辱與不甘再次襲來。他能明顯感受到這些人與那個上不了檯面的混混耗哥截然不同，不光是口語威脅，對方口中的「威壓」是個大麻煩，他現在甚至連嘴都張不了，無法說話，也無法撕咬對方，就像被踩在腳下的螻蟻。

從出生就是如此，到了這裡還要過這種生活？——「錢幣組」，他記住了。

黃色領帶男子忽然想起什麼似地「啊」了一聲，「對了，你知道嗎，再往上升，最高還能當上副組長呢！據說副組長可以隨便控制玩家的意識，讓整個遊戲的玩家都聽命於自己，聽起來眞棒，不是嗎？」男子神情充滿憧憬，帶著笑意的語氣彷彿在鼓舞林慕，但很快，他話鋒一轉，虛假的笑容變成了嘲諷，「不過，別說成爲幹部了，你連手機都沒有，而且還是個數字二！連加入我們組織的最低門檻都過不了！哈哈哈！」

男子得意地放聲大笑。

林慕的指甲幾乎刨進泥土裡，他深吸一口氣，強忍住恨意。

遊戲共有十層，如果他連第一層的幹部都搞不定，說什麼搞垮遊戲？他會先笑死自己！

林慕閉了閉眼，竭盡所能地冷靜下來。

黃色領帶男子見林慕閉著眼，毫無反應，忽然覺得有些無趣。他用槍口敲了敲林慕的腦袋，解開了頸部以上的壓制，「別裝死，聽我的話，是你唯一可以翻身的方法。」

林慕感覺下巴一鬆，顎關節僵硬得彷彿不屬於自己，好一會才終於能夠順利開合。他緩緩地說：「你說……這是唯一可以翻身的方法？」

見林慕鬆口，黃色領帶男子眼中藏著驚喜，但很快壓抑下來，「是啊，畢竟不是每個高階玩家都像我這般寬宏大量、能夠接納賤民，只要你求我，我就帶你進賭場。」

「求你什麼？求你把我帶進去成爲你賭場的籌碼嗎？」林慕嗤笑一聲。

黃色領帶男子臉色一僵。

林慕彷彿沒看見男子突變的臉色，繼續道：「眞奇怪，一個自稱『幹部』的高階玩家，怎麼會穿著一雙破鞋還戴著早就壞掉的金錶？」

黃色領帶男子下意識腳尖內縮，摀住手腕，將手錶藏進袖口。

「而且，你明明能夠強行逼我就範，卻在這邊和我廢話，想讓我心甘情願屈服……顯然，你有其他目的。你前面提到可以用人命換籌碼，又千方百計想說動我和你一起進賭場，難道是怕人不知道你想以我的命換籌碼？而且，恐怕不是隨便抓個人進去就能換命，必須經過當事者同意，對嗎？」

隨著林慕吐出的一字一句，黃色領帶男子的表情變得越來越難看。

林慕笑道：「看來，你已經窮困潦倒，連一條『賤民』的命都巴著不放了。」

黃色領帶男子被戳破了目的，面紅耳赤地吼道：「閉嘴！」

伴隨男子的大吼，林慕的頭部被重重擊向地面，頓時一陣頭暈目眩，額角流下了血。

黃色領帶男子一身正裝，此刻卻如同被激怒的野獸，撕開斯文的表面，露出陰狠獠牙，

「哈!你知道了又如何?如果你不聽話,我照樣能讓你生不如死,直到你同意為止!」

林慕忍著頭暈,額角青筋直冒,心想:的確,他可以折磨我,直到我就範。該死,這些混蛋為什麼只針對我?旁邊那個傢伙呢?明明長得一模一樣,為什麼不找他?

林慕的頭不能動,只能用眼角餘光往右瞟,隱約見到李眞那雙鑲著鉚釘的黑色靴子。

李眞明明就在旁邊,其他人卻像根本沒看見一樣。林慕驚覺,難道這是李眞的特殊能力?

忽然,李眞偏頭,視線與林慕齊平。

兩人沉默對視,李眞注意到他額前鮮紅的血跡,盯了好一會,忽然雙眼迷濛,眸底彷彿浮現愛心,露出無比著迷的表情,「慕慕,你怎麼連流血都這麼美呢?就像花園裡的玫瑰一樣。」

……這個瘋子!

李眞絲毫沒有打算出手相助,林慕本就知道奢望任何人拯救自己都是沒用的,而且,他也不希望李眞動手。

林慕的眼神漸漸變冷。

黃色領帶男子發覺林慕分心,見對方面對自己的威脅依舊毫無波瀾,開始失去耐心。他捏住林慕的下巴,強行把他的上半身從地面抬起,手勁很大,林慕全身無法動彈,只有被拉扯的頸部支撐身體的重量，他忍住了劇痛沒有喊出聲。

黃色領帶男子陰森開口：「再給你最後一次機會，求我帶你進去。是你逼我這麼做……你以為自己是什麼身分？居然敢這樣和我說話？還妄想進新天堂？這可不是一般賭場，只有數字八以上才有資格和我們較量！」

林慕身上沒有一處不疼，但更讓他難以忍受的是連一根指頭都動不了的恥辱。

他不甘心。

他想起從小到大受盡羞辱的日子。

因為太過飢餓而不得不在垃圾堆中翻找食物，有時只是窩在報紙上睡覺，也會莫名被人拳打腳踢，若不是因為骯髒的泥沙和凌亂的頭髮遮住他的臉，恐怕早已被人口販子和應召所強行擄走。

他曾在街上見過無數個幸福的家庭從他身邊走過，或者一對情侶，或是一群學生，他們看起來很高興，臉上笑容洋溢，但只要一瞧見他，總會瞬間變了臉色，避之唯恐不及，好像他有傳染病。

有一天，他被嘲笑不識字，為爭一口氣拚命學了好幾天，才勉強讀懂貼在牆上的海報。

那張海報是資助貧困兒童上學的公益募捐廣告，上頭有幾則報導，全是關於窮苦孩子努力念書，最終考上名校，備受世人推崇與讚揚的故事。

從那一刻開始他便知道，只要考上好學校，他就能擺脫現在的生活。

於是他打了好幾份黑工，賺來的錢都拿去買書，一天睡不到四小時。他趁著無人的深夜念書，這是街道最安靜的時候，沒有吵雜的車聲和行人，沒有老魏的冷言冷語，筆尖畫過紙張的沙沙聲是唯一的聲音。

紙箱和睡袋鋪成的簡陋住所寒冷又陰暗，他以月光為光源，擠在狹窄的空間寫著歷屆考題，雪白的試卷被他的手指染髒，布滿了灰黑色指印。

有幾次他因為太過勞累而昏倒，醒來發現鉛筆不見了，在地上找半天才找到那枝只有小指長的鉛筆，又繼續寫考題。

最後，他寫過的考卷越積越多，從紙箱逐漸鋪散到外面的地面上，整條街的人都知道他在念書，並嘲笑他的不自量力。

而他用一張入學邀請函證明他們錯了。

他如願拿到鉅額的獎學金，進入理想的學校，如同那張海報一樣成功登上了新聞版面，受到社會大眾的關注與稱許，他的人生終於將要改寫，然後在入學的那一天，他錯過了。

他被迫加入該死的遊戲，再次被宣告是社會最底層的人，這些年來的所有努力被打回原點，學校沒了，新生活也沒了，有的只是無止盡的欺凌和施壓。

林慕的鼻腔有一瞬酸澀，他從未暴露過自己的悲傷，因爲沒有人想看他的眼淚，也不會有人爲他傷心。

他不需要誰的憐憫，從小到大，他曾經偷偷祈禱過無數次——卻從來沒有一次得到救贖。最後，都是他自己爬起來，一步步達成目標。

他不需要任何人，他就是自己的神。

林慕大叫一聲，用盡力氣張口，狠狠撕咬黃色領帶男子的耳朵。

黃色領帶男子發出慘叫，林慕滿口是血，男子的耳朵像是被他咬了下來，但更讓所有人震驚的是——

「他怎麼可能掙脫老黃的壓制!?」

「不可能!階級差距太大了，絕對不可能!」

現場一片驚恐，這是前所未聞的事。

黃色領帶男子立刻把林慕甩到一邊，慌張地摸著自己的耳朵，上面全是黏稠的鮮血，耳垂被撕裂，但耳骨還在。

林慕歪著頭，扭曲成不自然的角度，露出了笑容，像是一尊斷了線的精緻人偶。場面怵目驚心，卻又異常絕美——如李眞所說，受了傷的林慕依舊美艷動人。

黃色領帶男子愣愣地發現，林慕之所以能夠掙脫箝制，是因爲他在高強度的壓制之下，強行凹折頸椎，一根根扯傷韌帶，只爲咬下自己的耳朵。

這種痛楚簡直就像拿著鈍刀一下又一下磨斷自己的脖子，忍耐力和狠勁非同一般，讓黃色領帶男子不禁退後，渾身冷顫。

接著他又看見林慕舉起了手，正在嘗試活動，他想起自己剛才在驚慌之中忘記壓制，而讓林慕恢復了自由。

但他現在已無暇顧及壓制。

黃色領帶男子慌張地摸了摸西裝暗袋，發現裡頭空無一物，林慕手裡拿著他的撲克牌。

他愣了一會，卻反常地放聲大笑。

黃色領帶男子明白了林慕痛死都要掙脫箝制的原因，不只爲了咬下他的耳朵，也是爲了趁亂奪取撲克牌。

這人不只瘋癲，而是在極致瘋癲中依然保有冷靜。

「哈哈哈！可惜啊，不得不承認你勇氣可嘉，但還是白忙一場！」

林慕皺眉，捏緊手中的撲克牌，然而預想中黃色領帶男子痛苦掙扎的畫面卻並未如期而至，對方依舊完好無缺地站在原地。

黃色領帶男子得意洋洋地道：「你以爲我會這麼輕易讓人拿到牌嗎？你拿到的那張牌，是假的。」

林慕一頓。

他原本猜測撲克牌能藏在身上的地方不多，外套、襯衫和褲子外袋太明顯，黏在身上、鞋底也不可能，因爲撲克牌損毀對人體也會造成傷害，而人會下意識把牌藏在最安全、確保不會掉落或折損的地方——最大的可能，就是西裝的暗袋。

但林慕卻沒料到，這件西裝是錢幣組特製，裡頭有無數個一般人難以察覺的暗袋，只有黃色領帶男子才知道牌在哪。

「呵，你讓我越來越感興趣了。」黃色領帶男子一步步走向癱軟的林慕，「現在你只剩一個選擇，就是跟我進賭場。裡面賭的不只有錢，還有身體，要是贏了，不要說你頸椎受的傷，說不定連你那殘缺的左手都能接回去，再不治療繼續拖下去，恐怕就要全身癱瘓囉。」

黃色領帶男子不待林慕回答，狠狠扯住他的手，準備將人拖進賭場。他一點也不在乎林慕的死活，但他知道這張臉可以賣到好價錢，死了可惜。

林慕心想，即使最後一滴血都流乾，他也不會屈服。

不，他不能死，他還要回去學校……

正想著如何反抗，耳旁傳來一道低沉的聲音——

「慕慕，爲什麼他可以一直碰你？」

06 遊戲裡的瘋子

李眞忽然開口，瞳孔縮成細針狀，一雙眼睛緊緊盯著黃色領帶男子抓住林慕的手。

黃色領帶男子被突然出現在身邊的人嚇了一跳，下意識彈開，但很快又察覺不對。

這人明明從頭到尾都在旁邊，但他們竟然一直不自覺忽略了！這到底是怎麼回事？

林慕被扔在地上，又咳出了血，他鎮定下來分析情勢，看著四人驚詫的表情，再次確信他們眞的忘了李眞的存在，或許和李眞的能力有關。

可是有一點不對勁，一開始他們明明有聽見他和李眞的對話，後來卻像失憶一樣忽略了李眞，為什麼？

李眞將視線轉向林慕的臉，原本縮成細針的瞳孔再次變得又圓又亮，宛如注視著美麗的寶物，即使這雙發亮的眼睛無比純眞，卻莫名讓人不寒而慄，「回答我，爲什麼他可以一直碰你？不是要乖乖回答問題才可以碰你嗎？」

明明兩人瞳色一模一樣，林慕卻莫名覺得李眞的瞳孔漆黑得可怕。

林慕頸部肌肉受損，根本無法說話，他知道李眞說的是之前浴室裡的交易，不過這個和那個能算同一件事嗎？

林慕懶得搭理瘋子，連眼神也不想留給對方，此時的他還不知道，傳聞爲何說頑皮兔喜怒無常——

「還是說，你們也做了交易？」李眞嗓音倏地一沉。

他抬手一揮，空氣化作巨大刀刃，將賭場門前的雕像硬生生劈成兩半。黃色領帶男子發出慘叫，被無形的力道帶離林慕身邊，在高空中舉起又重重摔落，舉起又摔落，鮮血在空中飛濺，重複了數次，直到哀號聲停止。

其他男子見狀全都呆站在原地。

他們從未見過階級八的老黃如此狼狽，要知道階級八可是罕見的好牌，在第一層是呼風喚雨的存在，從沒遇過實力如此懸殊的對手！難道，眼前這人的階級在十以上？但他們從沒在低層世界見過階級十以上的玩家！

林慕氣若游絲，想抬眼卻完全無能爲力，李眞瞧了一眼昏厥的黃色領帶男子，這才恍然回過神，跑到林慕面前，如同不小心做錯事的孩子般，一臉愧疚地說：「慕慕，我不小心動手了。」

林慕沒有力氣再理會他。

「你想靠自己的雙手打回去吧？」李眞問。

林慕一頓，雖然不能說話，但眼神透露了他的訝異。

李眞跪坐在地上乖乖地反省，「你想跟他分出勝負吧？結果我不小心動手了……奇怪，我以前都不會出手的呀，這次怎麼忍不住了？」

面對李眞一臉認眞的困惑，林慕不知道該如何評價，但他有些驚訝。

這是他第一次被人理解。

從小到大，他不是沒有受過同情和幫助，然而卻從未被救贖。

那是他六歲的時候，有一天他在路上被搶地盤的壯漢打了，路人經過時替他反擊，還報了警，可是隔天，他受到壯漢更過分的報復，遍體鱗傷，好幾天吃不了飯。

直到幾年後，他長大了，走遍整座城市，找到換了地盤的壯漢，打斷對方三顆牙齒，那天，他才算眞正得救。

所以，他最厭惡一時的同情，因爲沒有人能眞正爲他的人生負責。

這是第一次，有人爲拯救了他而道歉。

林慕驚訝過後，朝李眞露出一抹從未有過的微笑。

李眞愣了愣，發現林慕有所異樣，他摸著林慕的頸部，察覺到肌肉的不對勁，問道：「你怎麼不說話？」

林慕沒有回答，也無法回答，頸部的劇痛讓他想開口說話都異常艱難。

李眞倏地變了臉色。

——這幅畫面讓林慕很久都難以忘懷，因爲這是天不怕、地不怕的自己，第一次發自內心感到恐懼。

「你、不、能、說、話、了？」

空氣瞬間凍結，但瞧見李眞的臉色，所有人都知道這是狂風暴雨前的寧靜，這一刻宛若得知末日即將到來那般慌張與無措。

這人剛才不過是「有點生氣」就能拆了賭場大門的石像和把人砸得血肉模糊，現在這般憤怒，後果會如何，簡直不敢想像！

「呵。」李眞將劉海往後撩，眼神清亮明朗，像是突然從長年的癲狂中恢復理智，面上帶著溫文爾雅的笑意，看向顫抖腿軟的男子們，「沒事，不是你們動的手。」

無論是髮型，還是言行舉止，都像極了明辨是非的紳士，與以往恣意而行的模樣簡直判若兩人，讓人不自覺想到一個詞——雙重人格。

原以爲李眞會發瘋，但他只是理了理衣袖，走向黃色領帶男子。

看似平靜，但他們深知危機還沒解除，恐懼地盯著李眞，摸不清他想做什麼。

只見李眞不知從哪抽出幾條黑布，蒙住了黃色領帶男子的眼睛、塞住嘴巴和捆起手腳，力道不重，因此昏厥的男子沒有醒來的跡象。

難道是想綁架？

眾人困惑之際，李眞忽然抽出小刀，俐落地在黃色領帶男子的手臂劃了一口。

所有人驚叫，然而李眞手法極好，手臂竟然沒有半點出血，只在表皮劃開肉眼幾乎不可見的痕跡，黃色領帶男子甚至依然沒醒。

李眞動手朝藍色領帶男子招了招，男子恍惚之間聽話地走向前。

眾人被搞得心驚膽顫，還是沒能明白李眞究竟想做什麼。

李眞說：「我只示範一次，明白嗎？」

示範什麼？

男子還沒聽懂，便見李眞伸手一掐，瞬間撕開了黃色領帶男子手臂上的皮！

「唔唔唔——！」黃色領帶男子猛然驚醒，強烈的疼痛讓他大叫，卻因爲嘴巴被塞住無法發出完整字句，只能在地上瘋狂打滾。

李眞從容不迫地按住他，把刀交給藍色領帶男子，說：「輪到你了。」

藍色領帶男子臉色慘白，往後跌坐，手裡的刀根本握不穩，落在地上。

「沒有犯錯的人，懲罰一個犯錯的人，法律不就是如此？」李眞瞇起眼笑，重新拾起刀子，又遞回對方不住顫抖的手上。

「你們一個一個來，剝光他的皮，在他清醒之前。」

——李眞並沒有變得正常，他只是從一個瘋子，變成了更加令人懼怕的、理智的瘋子。

藍色領帶男子被嚇得魂不附體，根本不敢接下刀子，指著在地上掙扎的同伴，「老、老老黃已經醒了啊！」

黃色領帶男子頓時明白自己的處境，隔著黑布涕淚縱橫地不停哀鳴和求情。

李眞瞥了一眼，「你醒了嗎？」

「唔唔唔唔！」

李眞收回視線，微笑說道：「看，他沒回答。」

所有人一時之間愣住，打從一開始，李眞就沒打算放過他們所有人。

他們如果眞剝了老黃的皮，下場還會好嗎？

恐懼在所有人心中炸開，李眞的微笑註定將成爲他們日日夜夜的夢魘。

不遠處忽然傳來一陣腳步聲，打破了這場僵局。

七名穿著西裝、戴著墨鏡的保鑣簇擁著一名男人走來。當男人出現時，彷彿連空氣都變得躁動，氣溫攀升了幾度，讓人面部潮紅、喉嚨乾渴。

現場氣氛驟然改變，藍色領帶男子與另兩人臉上的蒼白一掃而空，甚至忘了身邊的李眞，立刻九十度鞠躬，頭也不敢抬。

「副組長好！」

隨著他們整齊劃一的問候，林慕明白，這就是他們口中的副組長。新天堂賭場是第一層最主要的地標之一，內部是由副組長管理，因此他經常過來巡視。被稱作副組長的男人原本目不斜視，直到注意到大門旁碎成兩半的雕像，才紆尊降貴地瞥來一眼。

此時，眞正讓林慕驚訝的事發生了。

僅是這隨意的一眼，李眞便收起了氣焰，胡亂撥亂劉海，髮絲垂落額前，又變回原本天眞無知的樣貌，乖得像是家犬。

李眞是害怕他，還是被他控制？

林慕想起他們提過副組長能操控玩家的意識，但沒想到竟然連李眞都會被控制。

副組長的視線轉向男子們，淡淡地開口：「我說過，不要找平民麻煩。」

藍色領帶男子忿忿不平，現在分明是他們被找麻煩！但他不敢大聲，只能辯解：「副、副組長，我們沒……」

副組長沒聽他說完，只輕描淡寫說了句：「從今天起，退出錢幣組。」

此話一出，四人臉色倏地刷白，張著嘴卻沒能說出一個字，他們原本倉皇的表情漸漸變得無神，雙眼發直，彷彿失去靈魂一般，齊聲道：「是。」

林慕意識到他們的表情不正常，而且被踢出組織竟沒半句求情，看來副組長確實有控制玩家意識的能力。

副組長處理完手下，將視線挪向眨也不眨盯著自己的林慕，「想進賭場？」

林慕眼珠子一轉，明白對方沒有看出自己的心思，代表他雖然能操控意識，但不會讀心。林慕嚥了口唾沫，即使一開口就錐心似地疼，依然勉強道：「您……先請。」

副組長眼底有一絲探究，雙方都沒有開口，好一會後，副組長問道：「你不要我的幫助，爲什麼？」

林慕一臉惋惜，但由於演技拙劣，一眼就看出是裝的。他慢吞吞地回話：「其實……我也、不想拒絕……只是，我不懂，您明明……從頭到尾都在旁觀，默許、組員的行爲……卻又突然出現處罰他們，甚至想、帶我進賭場，爲什麼？」

副組長停下動作。

看見他的反應，林慕更證實了自己的想法。

打從一開始，他就對於後來才出現的副組長居然知道「自己的組員在找他麻煩」這件事感到可疑，因爲當時現場的情況很明顯是李貞在鬧事。後來又證實對方並不會讀心，那唯一的可能，就是對方早就在暗處目睹一切經過。

「您別、誤會……我不是說您放任部下、袖手旁觀，最後才出現裝好人……」林慕刻意停頓很久，久到連訓練有素的保鑣們都差點控制不住臉部表情，只能低頭裝作沒聽見，才又接著道：「我只是、覺得，天下沒有不勞而獲，與其、跟您要籌碼……不如把命抵給賭場。」

副組長許久不語，而後抿起的薄唇竟勾起淺淺弧度，「本來只是覺得有點意思，現在更有意思了。你要如何說服我不帶你走？」

保鑣全都驚呆了，要知道副組長很少露出笑容，尤其自從去年那件事以後，更是成天低氣壓，很久沒笑過了！

林慕指了指自己的脖子，手一攤，表示脖頸肌肉受傷，沒辦法說話，好似剛才出言諷刺的人不是他。

副組長邁步走向林慕，伸手，指尖在林慕脖子上輕點了點，林慕頓時感到頸部一陣放鬆，不再疼得厲害，扭了扭脖子，竟然已經復元如初。

比起感謝，林慕更多的是不甘心，副組長到底還有多少非比尋常的能力？這個副組長的位子，他開始感興趣了。

副組長蹲下身，近距離注視著林慕，看著他狼狽中仍無絲毫瑕疵的美貌，笑著問：「說吧，你要怎麼說服我放過你？小玫瑰。」

儘管對方神色平和，說話也和和睦睦，林慕依然察覺到危險。

林慕知道，眼前的人只要一句話就能控制他人心智，要讓自己「心甘情願」跟隨，不過是輕而易舉的事。

林慕臉色暗了暗，再抬起頭，竟笑逐顏開，「不一定非得要我，不是還有我的『雙胞胎弟弟』嗎？」

林慕笑著指向李眞那張與自己一模一樣的臉。

「你也看見了，他的階級比我還高，要比生命力還是能力，他都比我強多了，帶我進去根本沒好處。」

林慕雖然不知道李眞的階級，不過他知道肯定比八階還高，相信副組長會喜歡更「耐用」的花瓶。

就算李眞不肯接受，雙方打了起來，林慕也樂見其成。

他們兩敗俱傷，對林慕而言是最好的結局。

副組長怔了怔，不知是否對於林慕出賣弟弟感到意外，他看向李眞，衡量一會，開口道：「跟我走。」

這句話一落下，空氣變得更加濕熱，周遭彷彿成了高溫的蒸汽房，讓人喘不過氣。

李眞不發一語，宛如失去靈魂的木偶般，一搖一擺地跟著離開。

隨著他們走遠，氣溫才慢慢恢復如常，林慕望著他們的背影笑得開懷。

從他開口挑釁副組長的那一刻起，爲的就是現在的結果，給李眞找麻煩令他十分愉快。

他說過，那些仇他一定會報。

保鑣們打開了新天堂賭場的大門，恭迎副組長進入，光線從門縫中傾瀉而出，林慕瞧見了一瞬金碧輝煌的場景。

在大門即將闔上以前，副組長和李眞突然一刻不差地同時回頭，雙唇一開一合，說了五個字——

「慕、慕、晚、點、見。」

林慕一怔，霎時臉色驟變。

難道李眞根本沒有被控制？不，或者該說，是他控制了副組長？

林慕臉上罕見地閃過一絲慌亂。

那麼，剛才和他對話的到底是誰——李眞，到底是什麼人？

07 價值連城的長相

大門闔上後，林慕緩了一會，想不通答案，只能先走進賭場大門。

門把上鑲著華麗的老鷹浮雕，冰涼的觸感讓他遲疑一瞬，最終還是推開了門。

從小見過太多悲慘的場景，他並不喜歡賭場。

迎面而來一陣涼意，服務生上前接待，九十度鞠躬道：「您好，這位貴賓，請問您今天想兌換多少籌碼？」

林慕沒有立刻回答，他環顧四周，整座賭場就像大型的變裝舞會，穿著西裝和禮服的人來來往往——林慕覺得有些古怪。

就他所知，遊戲裡所有服裝都是由系統分配，而且設計大同小異、非黑即白，即使自行替換，隔天起床依然會換回原本的服裝，那爲什麼，這些人能夠自由穿著五顏六色的衣服？

林慕問：「我記得，遊戲裡的衣服不能替換？」

服務生笑道：「我們新天堂賭場是系統的三不管地帶。請問這位貴賓，您今天想兌換多少籌碼？」

服務生指向櫃台後方的電子螢幕，螢幕佔了滿滿一面牆，上頭寫著：

撲克牌2至K——兌換100元至？元

手指——兌換50元至50萬元

右手——兌換500元至500萬元

……

價目表洋洋灑灑寫滿了螢幕，並且內容不斷輪替，從撲克牌到身上所有大大小小的器官都能兌換籌碼，但令人毛骨悚然的是——一根手指價值五十元，言下之意就是，只要在賭場裡輸了哪怕只是五十元，便會失去一根手指。

服務生流利地開口說明，彷彿已說了上千遍：「兌換完的籌碼可在賭場任何機台或包廂進行遊戲，每天午夜十二點將結算貴賓們手中所擁有的全部籌碼，您可以在之後於賭場購買一切想要的東西。」

林慕問：「如果結算後不夠贖回抵押品？」

服務生露出制式化的微笑，「那麼您抵押的器官將會永遠留在賭場。」

林慕目光一冷。

不知道這間賭場埋有多少人的屍骨？無論在現實還是遊戲，賭場都是令人作嘔的地方。

然而，現在他卻不得不幹，這筆帳他一樣會記在系統頭上。

林慕腦中的復仇清單又新增了一條。

看著價目表，林慕問道：「手指的價格區間，是看賭客本身的價值？比方說，網球選手的右手可能值最高金額五百萬。」

服務生笑了笑，「是的，您說的沒錯。」

「價值誰來決定？」

「櫃台的系統會掃描您的身體，並顯示您能兌換的籌碼。」

林慕看向螢幕，思忖著。

服務生以爲他是在猶豫要用什麼來換，好心地提供建議：「最多人選擇的是闌尾，可以得到一百元籌碼，您要兌換嗎？」

……反正沒有了也沒差是吧？還可以免費割闌尾。

林慕搖頭，說：「我已經想好要換什麼，我只是在想，贏得籌碼後，能買到副組長嗎？」

服務生訓練有素的職業笑容驀地一僵，顯然懷疑自己是否聽錯，「您是說，遊戲群組裡尊貴的副組長？」

林慕點頭，「別誤會，我不是要他的人，我要他的身分。」

服務生啞口無語。第一次聽到如此猖狂的要求。

「目前沒聽過這個先例，而且肯定要價不菲，建議貴賓慎選。」

「哈，還說能買到一切想要的東西呢。」

「……」

林慕又問服務生：「你也是玩家吧？在賭場打工？」

服務生有些意外，「您怎麼知道……」

不少初來乍到的客人以爲他們與系統有掛勾，輸了錢就朝他們咆哮，指責他們冷血，詛咒他們全家，甚至出手毆打。殊不知服務生們也只是玩家，不過在賭場打工而已，根本無法干涉系統訂下的機制。

林慕之所以知道，除了因爲容蓉提過玩家可以在遊戲裡謀一份工作之外，也是因爲他小時候曾在賭場打過黑工，有過短暫的「希望賭客收手，不要妄想在賭場一步登天」的時期，這個服務生的言行舉止讓他想起了這件事。

當然，這麼問有部分也是在試探這裡的服務生和系統的關聯，他看出服務生沒有說謊。

林慕說：「那麼撲克牌總可以買了？」

服務生道：「可以的，不過階級是隨機，而且您只能抽其他人抵押後未能取回的牌，普遍而言階級都偏低。」

林慕冷笑。不愧是賭場，總是那麼狡猾，拿撲克牌換籌碼的時候價格訂得清清楚楚，要用籌碼購買撲克牌的時候卻不乾不脆。

「這位貴賓，您決定用什麼兌換籌碼呢？」

林慕直白地說：「我的臉。」

服務生頓了下，「您是說您的五官嗎？包括眼睛、鼻子、嘴巴等等。」

林慕點頭，「對，我的臉，聽說很値錢。」李眞傾家蕩產買下的臉究竟能換多少籌碼，他很期待。

服務生不自覺多看林慕兩眼，想像了下這張臉若被毀容……簡直是會遭天譴！

「您……要不要考慮還是先從闌尾開始換吧？」

林慕無語。

最後由於林慕的堅持，服務生還是把他帶至櫃台，用五官兌換籌碼。

櫃台其他服務生聽聞後都忍不住盯著林慕的臉，臉上寫滿可惜和猶豫，反倒是林慕毫不在意。

因爲他知道，賭博不是窮人翻身的機會，而是有錢人的遊戲，只有擁有大量籌碼，才能夠操控局面。

所以他必須擁有足夠的籌碼。就算毀容了，他也接受。

對他而言，容貌不是第一，就連命也不是，最重要的是骨氣。他可以沒命，但絕不會輕易認輸。

服務生設定好林慕要兌換的部位，請林慕面向一台長型機器，機器上有一顆鏡頭，鏡頭掃出紅外線，由上而下檢查林慕的身體。

服務生告訴林慕，等掃描完後，系統會告訴他可兌換多少籌碼。

進行到一半，機器突然尖銳地「嗶」一聲，停止運轉。

櫃台內的服務生們驚訝不已，七嘴八舌地討論：「怎麼了？壞了嗎？」

「第一次看它出問題！它不是跟系統連線嗎？怎麼會壞？」

「等等，上面好像顯示數字了！」

只見機器上的螢幕寫著：「可兌換籌碼：『？？？』無法判定，請重新選擇。」

服務生又嘗試掃描一遍，然而不管多少遍，都是一樣的答案：「無法兌換。」他急得滿額是汗，從沒遇過這樣的問題。

一名較資深的服務生路過，詢問出了什麼事，接著他傾身看向螢幕，瞬間瞠目，還以爲自己看錯，「怎麼可能？上次遇到這樣的情況，還是幾年前客人拿撲克牌K兌換時……」

另一名服務生聞言驚呼：「有人拿過撲克牌K？不對，誰瘋了拿撲克牌K來換籌碼？」

資深服務生沒有回答，只是對服務林慕的人說：「這個商品的價值超過了本賭場所有籌碼總額，沒辦法兌換，請客人重新選擇商品。」

服務生一愣，與林慕對視。

林慕眼神死。

……他的臉到底有多值錢？

服務生尷尬地問：「呃……所以您要不要考慮換闌尾？」

別再提闌尾！

♠♠

後來，林慕靠著機器自動檢索，分析出他身上除了臉以外，最值錢的部位有兩樣：「頭髮」，價值三百萬元，「右手」，價值五百萬元。

服務生看著系統顯示的檢驗數據，不禁嘖嘖稱奇，「第一次看到頭髮那麼值錢的人，畢竟頭髮對人來說可有可無啊！你看看這個評分——『神仙級秀髮，三百萬元』，哇，你身上跟外貌有關的都眞值錢啊！我看看右手的評分寫什麼……『神偷的右手』？什麼啊，這算誇獎嗎？還不如說『女優的右手』哈哈！」

林慕微笑道：「你測過自己的數值嗎？你的嘴應該也很值錢。」

服務生喜孜孜地道：「因爲我很會說話嗎？還是很幽默？」

林慕回道：「是因爲有很多人想把它割掉。」

服務生：「……」

負責兌換籌碼的櫃台人員向林慕說明，賭場會爲每位顧客提供專屬包廂，林慕的包廂安排在903，位置在九樓。籌碼已爲他送至包廂內，並再次提醒，隔日晚間十二點將會清算籌碼，請留意自身盈餘。

林慕離開大廳前，環顧了一遍賭場，一樓賭廳範圍極廣，且不同區域各擺設不同的賭桌和造景，正中央是一座金色鐵塔與噴水池，左前方是常見的德州撲克區，四周有幾尊鬥牛雕塑和金母雞，地上鋪著鄉村野草，充滿德州風情。右前方是俄羅斯輪盤區，造景是冰山雪地和酒桶，風格與左側截然不同。除此之外，更前方還有許多形形色色的區域，賭局種類繁多，什麼都能賭，甚至連最普通的「猜杯子」、「抽鬼牌」都能搬上賭桌。

林慕一面思索要從哪張賭桌下手，一面走向電梯，打算前往九樓包廂領取自己的籌碼。

服務生亦步亦趨地跟在林慕身後，左看右看想幫忙提行李，卻見林慕把背包帶子握得很緊，沒有要鬆手的意思，於是一臉苦惱。

林慕停在電梯門口前，四周沒有其他賭客，只有兩株足有半人高的棕櫚盆栽，在等待電梯到達一樓時，林慕開口：「還不走，是在等我揭穿你嗎？」

服務生一愣，不解地道：「什麼意思……」

「你知道我身上沒有現金，沒辦法給小費，卻還一直跟著我，甚至主動想幫忙，不是別有目的是什麼？」

服務生理直氣壯地說：「難道我不能是想搭訕嗎？你這麼好看！」

林慕噗嗤一聲笑了，「從我進門到現在，你偷看我的次數不超過三次，還敢說是因爲我好看？讓我聽聽看，下個理由是什麼？我的靈魂很美？」

服務生徹底怔了，接著耙亂頭髮，碎碎唸道：「什麼眼力啊，居然連別人偷看你幾次都記得……」

一會後，服務生抬頭，表情稍有變化，似乎變得比原先更加正經，「我確實有話要對你說。」

林慕注視著即將轉變成「1」的樓層燈號，神色不變，彷彿並不在乎服務生打算說什麼。

服務生說：「你從沒想過殺死你、讓你進入這個世界的凶手，到底是誰嗎？」

林慕停頓了下，眼神默默往左上瞟。

「你看起來是有仇必報的性格，不覺得很奇怪，自己居然不好奇是誰殺了你？」服務生句句一針見血，這段話不僅闡述了事實，也間接表明對方早在他進入賭場以前，就已經知道他是誰。

林慕終於開口：「你見過我。」

說到有仇必報，只可能是在公園和黑龍會的爭執被他看見了。

另外，自己確實想過關於殺人凶手的疑問，這點至今仍是個謎，這個服務生難道知道些什麼？

服務生點頭，「你進入遊戲的那晚，我剛好也在公園。」

林慕明白了。他雖然沒有全盤相信服務生的話，但服務生提出的問題確實有蹊蹺，他需要更多訊息。

在入住好不容易考上的學校前被殺，明明是這般深仇大恨，但他到現在除了強烈地想回學校外，對於殺人凶手還是一點情緒也沒有，甚至覺得就像十幾年前的往事，憤怒明顯被沖淡了，這相當不正常。

而且，待在收容所的那段期間，他觀察過很多人的對話，幾乎沒有半個人提到「生前」的事。

先不提他們是否眞的死了，那些一心想破關和「復活」的玩家，卻隻字不提生前的事，彷彿對生前種種毫無留戀，簡直自相矛盾。

最古怪的是，這麼明顯的異樣，若不是今天服務生提起，竟沒幾個人發現，難道是遊戲控制了他們的想法？如果遊戲能操控人心，那他們不就永遠不可能逃脫遊戲的擺布？

林慕皺了皺眉，這是最壞的結果，不過，如果服務生能想到這些事，而自己在聽聞的當下也能立刻反應過來，證明遊戲並不能眞正控制他們的思緒，或者說只能暫時掩蓋，直到某個契機被喚醒，這種情況簡直像是——

服務生見到林慕的表情，堅定地說：「你發現了吧？我們被催眠了。」

林慕腦中「咚」的一聲，突然一陣劇痛。

他痛苦地按住太陽穴，眼前似乎有模糊的畫面，伴隨著聲音說：「這本書，我看了很多次……」

「下一次考試……」

「……你贏……」

不知從何而來的聲音侵襲林慕的腦海，越來越支離破碎，光要把幾個字拼湊在一起就耗盡力氣。

痛……好痛……

「催眠」這兩個字似乎激起了林慕大腦強烈的反應，劇烈的痛楚讓他無法分辨是因爲大腦被強行控制，還是更深層的原因。

「你沒事吧？」服務生見林慕一臉痛苦，擔憂地扶著他的肩膀。

林慕甩開，靠在牆邊閉了閉眼，等到劇痛緩解，防備地道：「別以爲我忘了，你還是沒說出目的。」

爲什麼告訴他這些？不可能只是好意，他們不過一面之緣，賭場裡每天都有成千上萬個賭客，爲什麼偏偏找上他？他沒興趣和拐彎抹角的人浪費時間。

服務生撓了撓頭髮，見林慕神色冰冷、拒人於千里之外，他左右看看，小聲地說：「其實，我是臥底。」

……嗄？

林慕露出一臉看神經病的表情。

「我是說眞的！我是來當臥底的警察！那晚我在找線索時，剛好看到你在公園的表現，後來又在群組聽說你的事蹟，才決定來找你。我知道你也不會輕易相信這個遊戲，其實，我知道系統的一些內幕……」

林慕挑眉，沒說信還不信，等著對方繼續說下去。

「但是，我忘記了。」

「……」林慕轉身就走。

「等等！我沒發瘋！眞的！就像我跟你說的，系統好像會催眠，進入遊戲後就會忘記部分『生前』的記憶，剛開始我只記得自己在上學途中出了車禍，一直以爲自己只有十八歲，要不是我進遊戲前早有準備，把警徽刺在大腿內側，提醒自己是進來臥底，大概永遠也想不起來自己早就畢業成爲警察了！」服務生壓低音量激動道。

林慕只評價一句：「漏洞百出。」

「什麼？」

「你的臉，怎麼看也不只十八歲，這還須要被提醒？」

「……你這麼說就傷人了喔，嗚嗚嗚。」

林慕不予置評。

服務生重重嘆了口氣，「好吧，雖然不知道我們現在到底是不是真的死了，不管怎樣，難道我變成鬼就不能破案了嗎？」

林慕看著服務生執著的眼神，心想：這大概是他說過的一百句話中唯一能聽的吧。

「總之，不管你信不信，我覺得我們的記憶有問題，死亡或者說失憶的時間點也有待確認，而這些肯定和遊戲內幕有關。」

林慕說：「嗯。」

服務生本認爲林慕會反駁自己，一時還以爲自己聽錯，猛然瞠大眼睛看著對方，「你這是相信我了嗎？」

「我……」林慕還沒說完，賭場廣播突然傳來清晰悅耳的女聲：「歡迎各位貴賓蒞臨新天堂賭場。」

系統客服的聲音無預兆響起，林慕認得這個聲音，與他剛進入遊戲時腦海中出現的AI客服聲音相同。

服務生驚訝地四處張望，喃喃道：「客服怎麼會用廣播說話？從來沒有過啊……」

接著女聲說道：「本日為五年一度的快樂星期五，新天堂賭場將加送籌碼，請至個人包廂領取，並且今日將舉辦特別活動，從現在開始計時六小時，總計贏得最多籌碼的貴賓將開啓『地獄商城』！」

現場先是一片寂靜，接著很快爆出此起彼落的驚呼。

「地獄商城？是那個只有富豪榜第一才能進入的商城嗎？我還以為只是傳說！」

「不是聽說連各層的副組長都不一定有機會進入？」

「媽呀，簡直中了頭獎！我還以爲這輩子都沒機會見識地獄商城！」

「聽說地獄商城有那個吧？可以金手指一鍵離開遊戲的機會！不用再闖關了！」

在一片興高采烈的呼聲中，電流音再次響起，女聲又說道：「同時，本日新增一項規定，六小時後將進行結算，所持籌碼低於一億元者，不得離開賭場，即刻失去玩家資格。」

08 賭上性命的賭局

情況急轉直下，氣氛瞬間變得死寂，所有人從過於喜悅變成了恐懼和暴怒。

「六小時？怎麼可能六小時賺到一億啊！」

「失去玩家資格是什麼意思？會、會死嗎？」

「系統瘋了！殺人啊！抗議、抗議、抗議！」

現場充斥著吼聲，全部人齊聲喊抗議，他們相信遊戲會還給他們公平的待遇，畢竟遊戲一直給他們尊重生命、有望復活的印象。

然而系統卻再也沒有出聲，不要說賭客們，就連賭場的工作人員都滿臉驚愕和迷茫。

在場眾人不知道系統爲何突然出現，賭場瞬間變成囚籠。

除了極少數的大佬以外，對大部分玩家來說，賭贏一億根本是不可能的事，更別提時間只有六小時。

即使拿自身的高階撲克牌去換，最多也只能換到幾百萬籌碼，更別提之後還得用兩倍以上的數字把牌買回來，如果財力不足，只能換到低階撲克牌，一夕之間從富豪淪爲賤民，比死還痛苦。

這時，三樓突然傳出欣喜若狂的歡呼，一名玩家從包廂奪門而出，對著一樓大廳絕望的眾人大吼：「發了！我發了！」

他瘋了似地大笑，在眾人摸不清頭緒之際，又有幾名玩家分別從四、五、六樓對著樓下大叫：「快看包廂！遊戲發了一億元籌碼！」

「哈哈哈！果然是佛心遊戲！」

一樓瞬間暴動，所有人顧不得手邊的賭局，爭先恐後地衝向電梯，想回包廂看看自己是否也有獲得籌碼。

由於林慕離電梯最近，早在眾人反應過來之前就已扔下服務生上了樓，來到九樓。走廊鋪著紅毯，牆上標記著「901－920」包廂在左方，林慕往903號包廂走，瞟著一樓大廳暴動的人群，他用房卡進了包廂，包廂內有股淡淡的薰香味，室內空間極大，至少可容納十多人，擺設基本上和高檔酒店差不多，除了會客廳以外，還有房間及酒吧台。

會客廳桌上有他兌換的幾疊籌碼，分別是刻著一萬元與十萬元的黑紅色代幣，一旁還有幾只打開的黑色手提箱。

但他沒看到其他人所謂的一億元籌碼。

林慕巡視一會，推開裡頭的房間——數不清的紙鈔頓時撲面而來，白花花的鈔票淹沒了他的臉，儘管早有心理準備，但被鈔票掩埋時，他仍不由得愣了愣。

林慕往後退開，看著面前堆積如山的紙鈔，臉上卻毫無喜色，反而相當嚴肅。

他撿起幾張鈔票查看，是從未見過的特殊紙幣，透著光檢視，上面有浮水印和防僞花紋，作工相當細緻。

林慕沉著臉，覺得有兩點很不對勁。

第一，如果系統一開始就要送一億元籌碼，那麼「所持籌碼未達一億元者，即刻失去玩家資格」的規定便變得毫無意義，沒必要多此一舉。

第二，照賭場人員所說，九成玩家爲求輕便，都是使用數位籌碼自動匯入手機帳戶，如果系統要送籌碼，爲什麼不直接送進玩家們的手機？

這些送上門的鈔票，比那個突如其來舉辦的活動更讓林慕感到警惕。

眞正的危險從不是那些明著來的惡意，而是經過縝密包裝的善意，更別提是整整一億元的天降大餅。

林慕將幾疊鈔票和兌換來的籌碼全收進黑色手提箱，接著走出包廂，走廊上人人歡天喜地，歡聲笑語，許多玩家舉杯歡慶，宛如盛大的派對。

在走向大廳的路上，他聽見了不少人的對話——

有人興奮地說發財了！

有人冷靜地說已經有一億元了還賭什麼？等到結算後就能離開了。

有人鬥志高昂地說現在他的總籌碼有一億三千多萬，他要拚一把ＭＶＰ，打開地獄商城脫離遊戲！

林慕腳步一頓，看著手裡的箱子。

如果開啓地獄商城就能離開遊戲，他也能回去上學……不，不能輕易中了遊戲的陷阱！

林慕很快甩開念頭，大步前進。

回到一樓，服務生還站在電梯門邊等著，看見林慕便跑了過來。

服務生對上林慕的視線，動作誇張地後退，「你剛才是偷偷翻白眼嗎？」

「沒有。」

「我明明看見了！」

「我沒有偷偷，我是光明正大。」

大廳響起一陣優美的旋律，上方的電子價目表快速變換，從綠色的兌換金額，轉變爲紅色的購入金額。

服務生看了看錶，「啊，中午十二點了，價目表更新了，你快看上面的價格！你得賺到這些錢才能把右手贖回來……」

林慕仰頭查看更新後的價目表，上頭寫著：

撲克牌2至K——售價1000元至？元

手指——售價500元至500萬元

右手——售價5000元至5000萬元

……

林慕頓時無語。這和先前兌換表的金額全都差了十倍吧？該死的黑心賭場。

「嗶嗶！」服務生的手機傳來震動，他拿起手機瞧了一眼，驚訝地「咦」了一聲，正當他抬頭想和林慕說話時，廣播竟然再次響起——

「歡迎各位貴賓蒞臨新天堂賭場，因應今日舉辦的特別活動，我們提供了『高額獎金區』，該區域的賭場規則稍有變化，為您提供前所未有的娛樂體驗，詳細情形將由賭場服務生向您說明，祝您有個愉快的夜晚，謝謝。」

AI女聲說罷，大廳出現變化，所有賭桌竟朝兩旁自動移開，中央升起一座高台，高台內總共有八張巨型賭桌，被一座弧形的玻璃牆籠罩，形成透明的獨立包廂。

「系統從沒這麼積極地介入賭場……到底發生什麼事了？」服務生一臉不可思議。

林慕瞥見服務生手裡的手機螢幕上顯示著系統通知：「新增：高額獎金區。最低下注金額為一場五千萬元，請協助貴賓投注。」

林慕環顧周遭，對於接二連三的變化，並非每個人都樂觀以待。

有幾名老手玩家原本一直保持沉默暗中觀察，直到大廳中央突然出現全新的賭桌，他們才開口：「系統怎麼搞的？怎麼突然介入賭場了？這裡明明是三不管地帶。」

「系統絕對不會做毫無意義的事，非比尋常啊。」

「是不是有誰的關卡在這裡開了？」

林慕神色一凜，想起了自己的關卡。難道，跟他的關卡有關？

林慕回憶自己的劇本——你的身分是個花匠，花匠擁有整個溫室的花。某天，你回到溫室，卻發現原來你種的不是花，而是……

花匠跟賭場到底有什麼關聯？

有幾名服務生已跟隨系統的命令，介紹自己服務的高階玩家進入高額獎金區，陸陸續續大約有十人左右，一個個都是周圍人喊得出名號的大佬。

大多人在得知最低下注金額後便已失去鬥志，眞正敢進入高台的人並不多，畢竟一場最低下注五千萬，即使有系統贈送的一億籌碼，也沒幾個人敢拿命去賭。

有能力進入的全是身家超過億的大佬，他們的目標自然是今晚MVP的誘人獎勵——開啓地獄商城。

林慕看著踏上高台的大佬們，忽然噗嗤一聲笑了。

身旁的服務生抖了下，滿臉驚恐。明明他只是笑而已，爲什麼看起來這麼可怕？

林慕喃喃自語：「最低下注金額五千萬元……」那不正是自己能夠贖回右手的金額？

莫非，眞的與關卡有關，這鬼遊戲盯上他了？

「我何德何能呢。」林慕低聲笑道：「不過，既然遊戲遞出了『邀請函』……我怎麼能不接受？」

——不入虎穴焉得虎子，就讓他看看這鬼遊戲究竟想做什麼。

林慕抬腳踏上高台，服務生嚇傻了，趕緊拉住他，一時情急吼道：「快回來！你的等級只有數字二，怎麼能跟大佬玩呢！」

由於音量過大，所有人的目光頓時聚集到他們身上。

一個數字二居然想爭奪今晚的ＭＶＰ！雖然玩命的賭徒不是第一次見，但這般不自量力想挑戰大佬的人還是頭一回見！

四周響起竊竊私語，有驚訝，亦有嘲笑。

林慕皮笑肉不笑，聲音從牙縫裡擠出來，「你們賭場就是這麼維護賭客個資的？」

「我、我，對不起，我太緊張了，你別進去玩！你不知道嗎？高階撲克牌能大幅提升體能和智力，他們都是榜上有名的大佬，你絕對拚不過他們！」服務生急得滿頭大汗。

林慕勾唇一笑，這個笑容讓四周耳語安靜一瞬，剎那間所有人都忘了他的自不量力，沉浸在他的容貌之中。

「那就看看最後讓人獲勝的，是那個無聊透頂的撲克牌能力，還是我這輩子用命拚來的實力。」

林慕甩開服務生的手，頭也不回地大步走進高台。

♠♥

進入高額獎金區，玻璃門關上，隔絕了外界耳語。

這裡的賭桌比一般尺寸來得大，遊戲形式也截然不同，周圍放置著四張沙發椅，各自配有一張升降桌，賭客能夠一面享用美食和香檳，一面悠哉地下注。

玻璃牆上映著巨大的電子螢幕，顯示在場所有賭客的排名，以及目前個人持有籌碼，數字每一秒都在不斷更新。

今晚賭場總共有兩千三百五十名賭客，林慕很快找到自己的名字，因爲他直接從最後一名往前看。

他排行第兩千三百四十八名，所持有的籌碼爲「1億800萬元」。

「你看看！你的排行在倒數第三名啊！不要賭了，快點離開吧！而且這上面的數字都只是大佬們手上持有的籌碼呢，他們背後還有多少金銀財寶可以拿來兌換都不知道，你怎麼跟這些人賭啊！」

熟悉的大嗓門又在耳邊響起，少數幾個正在下注的大佬看過來，很快又收回視線，而其他人大多不予理會，畢竟都是見過世面的大人物。

林慕睨了硬要跟進來的服務生一眼，心裡想著不知拿對方的器官去抵能換多少錢？算了，恐怕很廉價，只值五元吧。

服務生已經習慣他的白眼，無辜地小聲道：「好不容易遇到可以一起對抗系統的戰友，我不希望你死……我在這裡待了幾年，親眼目睹過太多可怕的、無能爲力的事，你還沒見過這裡的地下室……」

林慕墨黑的眼珠轉了轉，往右上瞥，思考一會，忽然道：「你在賭場待到目前爲止，掌握了多少關於系統的資訊？」

服務生愣了愣，「系統很少出現，我也沒見過，只有在剛進入遊戲，嗯……還有通關第一層時接觸過AI客服，但每次對話都只有五分鐘，客服只會鬼打牆，問不出什麼消息。」

林慕抓住了重點，「所以你已經通關了，爲什麼還要回到第一層打工？越往上爬，不是越有可能接近系統？」

服務生撓了撓腦袋，「我到第二層的時候，不知道爲什麼變得經常忘東忘西，差點又忘記自己的身分，後來我發現其他人也有類似狀況，甚至有人完全忘記了自己生前的記憶！我懷疑過關時會被洗腦，所以不敢再往上闖，才回到第一層。」

原來還有這層原因？

林慕思索，確實他從一開始就懷疑遊戲系統爲什麼不停鼓勵他們積極闖關，甚至誇下海口說可以復活，他不信平白無故的好意，系統肯定有其目的——如果這傢伙說的是眞的，那麼就能解釋爲什麼遊戲希望他們闖關，因爲只有這樣，才能更進一步操控他們的記憶，直到他們完全忘記生前的事。

這遊戲到底想隱瞞什麼？

「在這裡工作的期間，我向很多高階玩家打探過消息，大多數人都和我一樣，幾乎沒接觸過系統，甚至有人說系統根本不存在，都是人類幻想出來的，但有一個人——」服務生湊到林慕耳邊，小聲地說：「錢幣組的副組長說，他見過一次系統。」

「喔？」林慕示意服務生繼續說下去。

「就是在進入地獄商城以後見到的！那裡眞的能實現一切願望！」服務生左右張望，確定沒人在聽後，更小聲地說：「偷偷告訴你一件事，其實我和錢幣組的副組長有點交情，他是跟我同一期進來的玩家，原本只是中階的數字七，後來不知道怎麼進地獄商城的，出來後如願見到了系統，沒多久便成爲副組長，不知道是不是和系統達成什麼交易。」

「噗嗤。」林慕笑了。

服務生一抖。怎麼了？有什麼好笑的？還有爲什麼每次林慕一笑他就心裡發寒？

「我明白了，所以說，不管是這裡所謂的『高階玩家』，還是你們偉大的『副組長』，都拚了命地想要進地獄商城，因爲什麼願望都能實現？」林慕雙手抱胸，帶著笑意問。

服務生深怕林慕不相信，拚命地說：「是啊！這是眞的！我親眼見到徐斌……我是說副組長一夜晉級！」

「我不是在笑這個。」林慕搖了搖頭，側著腦袋說道：「這樣不是所有人都繞著系統轉嗎？包括你。你明明知道系統有問題，怎麼還相信它是無所不能的『神』，甚至渴望它施捨給你恩惠？」

服務生頓了頓，「但是，系統確實能辦到很多不可能的事，例如提升人的體能……」

林慕笑而不答，反問：「假如你作了一場夢，夢裡有個神奇的寶石讓你擁有飛翔的能力，醒來後，你覺得你之所以能飛眞的是因爲那顆寶石，還是因爲你在作夢？」

「當然是因爲我在作夢啊！」服務生說完，忽然頓住，狠狠倒抽一口氣，驚呼道：「我明白了！我、我明白了！你的意思是，我們可能都是在作夢？因爲被催眠？」

「嗯，悟性不算太低，看來不只五元，應該値個五十吧。」林慕摸了摸下巴。

服務生沒聽懂林慕的話，只知道肯定不是好話。

林慕又說：「不過，看來有必要走一趟地獄商城。」

「什麼？爲什麼？你不是說不要被系統牽著鼻子走嗎？」服務生一連三問，百思不解。

「你說系統很少人見過，不是嗎？」

「是啊！」

林慕看著頭頂的廣播設備，哼笑出聲，「既然系統自詡像神一樣強大，為什麼須要躲躲藏藏？我很確定，『它』就是個人，所以害怕其他人知道他的眞面目！」

林慕眼底含笑，發自內心感到愉快，「既然『它』那麼怕我們接近，那我越接近『它』，不是越有趣嗎？」

打從第一次在公園裡的測試，他就知道幕後黑手肯定是個人，或者一個組織，絕不是無所不能的神。

他現在唯一的目標就是找出幕後黑手，一筆筆算清楚，然後離開這個鬼遊戲，回去他的學校！

服務生注視著林慕笑咪咪的眼眸，雖然一時之間還是無法擺脫對系統的敬畏，但總覺得替系統感到害怕。

「兩億！他贏了兩億！」

高台下的人群中傳出驚呼，動靜大得就連隔著玻璃牆都聽得一清二楚，林慕望向聲音來源，眾人正在圍觀其中一張賭桌，滿臉激動和亢奮。

奇怪的是，那張賭桌與其他賭桌相反，只坐著一名賭客。

排行榜再次刷新，其中一個名字唰唰唰地往上跳，一舉成為第六名。

林慕一瞧，那賭客的名字叫胡三。

林慕沒聽過這個人，服務生連忙向他解釋：「他是錢幣組的幹部，是我們賭場的常客，固定只玩一種遊戲，幾乎逢賭必贏。」

什麼遊戲下注籌碼這麼高？林慕很感興趣。

他走近一看，才發現對方玩的竟然是最普通的猜杯子。

猜杯子的玩法很簡單，檯面上有三個倒扣的紙杯，荷官會將球放入其中一個杯中，接著桌面的機關會來回變換三個杯子的位置，只要猜中球在哪一個杯中，就能得到賭金。

兒戲一般的賭局，卻讓人贏得了目前單局最高額的獎金。

新一場即將開始，荷官將白球從黑色檯面上收回，放置在盒子中，接著張手向四周展示自己手上已空無一物，並且說道：「各位貴賓您好，現在爲您說明本桌遊戲的規則，本桌遊戲爲猜杯子，每場玩家最多兩名，一場爲三局，每局至少須下注五千萬籌碼，三局後將進行結算，累積獲得籌碼最多者，可贏得雙方三局下注的籌碼總額。」

荷官禮貌性地微笑，對著周圍圍觀的賭客擺出邀請手勢：「本場還有一席空位，請貴賓入席，遊戲即將開始。」

如此高報酬的賭局，竟沒有任何一個賭客打算入座。

胡三哼笑一聲，晃著酒杯，手臂掛在椅背，姿態相當隨意，絲毫不當一回事，「沒人、沒人，快點開始吧！」

林慕注意到這桌只有胡三的座位有用餐痕跡，代表從開場到現在，只有胡三一個人和官方賭，沒人願意加入，而胡三也司空見慣，只想著快點開始遊戲。

這麼誘人的賭局，卻沒人願意下去賭？

服務生眼角餘光瞥見林慕唇角上揚，心中頓生不好的預感，趕緊把他拉到一邊，「千萬不要啊！你沒看到旁邊的大佬都沒有下場嗎？」

服務生好歹在這裡工作了幾年，多少知道賭客的手段，「你可能以爲猜杯子能靠眼力，但其實這裡的機器經過特殊設計，移動速度遠遠超過人體的動態視覺，就連五感被加成的大佬們都看不清楚，更何況是普通人？用肉眼絕對看不出來的！」

林慕答道：「嗯，所以呢？」

見林慕油鹽不進，服務生更加著急，「你還不明白嗎？猜杯子爲什麼獎金這麼高？就是因爲輸贏風險極大！對普通人來說，猜杯子這個遊戲沒有任何技巧，只能憑運氣——但我不是說了嗎？胡大佬逢賭必贏，你知道爲什麼嗎？」

林慕一面聽著，一面注意到荷官的目光瞟了過來，儘管荷官面無波瀾，但從眼神能感覺出他不滿服務生身爲賭場人員卻阻止賭客下注，有違本分。

林慕沒說話，轉頭觀察賭桌的每一個細節——荷官前方的檯面上有三個掀起的紙杯，杯緣一角貼著桌面，一旦放入白球就會自動蓋上。

杯身是紙，而白球近似於乒乓球，兩者都很輕，撞擊時聲響不大，一般人聽不清。

每個賭客前方有一塊下注區，上頭鑲著電子數字面板，只須輸入想下注的金額，就能從手機帳戶扣除籌碼。

服務生不知大難臨頭，還繼續道：「胡大佬以前在軍隊裡做偵察兵，聽力本來就比一般人好，後來被撲克牌提升五感，現在的聽覺已經是一般人的十倍以上，他光靠聲音，就能聽出球在哪個杯裡！」

荷官默默拿起了耳麥，準備通知主管。

林慕「哦」了一聲，然後翩然坐下。

服務生震驚不已，「你怎麼還坐下了！你看看他現在的六億籌碼，除了系統發的一億，全都是靠猜杯子得來的，你怎麼敢跟他賭！」

胡三饒有興趣地看著兩人，他以爲林慕會逃，然而林慕卻無動於衷。

荷官原本想通知主管，但見林慕下場，也就暫時作罷。

服務生難以置信地道：「難道你還是不相信我嗎？」他不能理解，他都已經說了胡大佬的天賦，林慕爲何還要下場？「剛才在電梯前你不是說你相信我嗎？」

林慕轉頭向端著餐盤的侍者要了一杯香檳和甜點，面對接下來的賭局，他好整以暇。賭局即將開始，服務生急得像熱鍋上的螞蟻，打算再次勸阻時——

「我沒說過相信你，也沒打算說。」林慕緩緩開口：「首先，連自己的安危都顧不好的人，沒資格給別人建議。」林慕瞥了眼荷官，他剛才已經注意到對方打算通報主管的動作。

服務生一頓，「什麼？」

「再者，我根本不在乎你說的是眞是假。」林慕直視著服務生的雙眼，「你提供訊息，信不信取決於我自己的判斷。說了一句眞話，不代表未來每一句都是眞話，只要是人就會說謊，老實的人跟虛僞的人之間的差別，不過在於誰說的謊比較少而已。」

服務生再次被堵得啞口無言，「我、我只是……」最後竟找不出反駁的理由。

胡三看著林慕，摸著下巴笑了笑，「來了個有意思的新人。」

大佬的發話，讓林慕再次引起眾人注目。

「這不是剛才那個只有數字二的新人嗎？」

「他居然眞的坐下來了，不要命了？」

「他長得這麼好看，做什麼都是可以被原諒的哦。」

「哈哈，光是敢進來這裡就勇氣可嘉了吧！」

「看來沒多久就要被抬出去了，唉。」

賭局開始了。

「歡迎兩名貴賓蒞臨新天堂賭場，以下爲您說明本桌規則……」荷官一板一眼地說明，無論面對什麼階級的賭客都面不改色，始終保持同一副臉孔，「每場各三局，請各位貴賓在杯身停止移動後進行下注，請特別留意，您下注的籌碼將會進行保密。」

荷官按了桌面上的按鈕，林慕和胡三面前的下注區升起一座擋板，確認他們看不見對方下注的金額。

荷官繼續道：「每局將輪流進行猜球，由下注籌碼高者先猜，若下注金額相同則須重新下注。猜中白球所在位置的貴賓，即可取走對方籌碼，若兩位貴賓都猜中，則平分雙方下注的籌碼。三局後進行結算，總計獲得最多籌碼者，能額外獲得由賭場提供的該場雙方下注籌碼總和之兩倍獎勵。」

此話一出，現場一片譁然，賭場居然加碼兩倍，而且還是該局下注的籌碼總和！

如此重賞，唯有林慕嗤之以鼻地笑了。

這鬼遊戲看似不計成本，還自掏腰包出雙倍獎金，讓人產生在賭場能賺大錢的錯覺，但事實上，這只是遊戲把玩家困在賭場的其中一種手段吧？一旦沉迷其中，就再也無法離開。

撇開獎賞不談，林慕觀察檯面上掀開的杯子，手裡握著刻有數字的黑色籌碼，思忖著。

這裡的玩法果然和一般的猜杯子不同。

並不是猜對球在哪裡就夠了，還得猜對手下注的籌碼，畢竟三局後獲得最多籌碼的人才是贏家。

假設有人第一、二局先保守下注較小金額，最後一局才進行豪賭，那麼即使前兩局都猜中，也可能在第三局翻車。

這不僅是考驗猜球的功力，還考驗個人的判斷與策略，以及膽量。

林慕的籌碼在指縫間翻轉，輕盈小巧的塑膠片取代了他慣用的魔術方塊，翻轉起來依然上手。

胡三看到實體籌碼，感到有些新奇，「哦，好幾年沒看到了，我以前還活著的時候，籌碼的確長這個樣子。」他看起來不算老，只是笑起來時眼角有些魚尾紋，「現在幾乎都改成電子籌碼啦，還要下載什麼ＡＰＰ，我這老人家真用不慣啊。」

林慕笑了笑，掀開皮箱，在桌上倒了大把籌碼，還扔幾片給胡三玩玩。

胡三摩挲著實體的籌碼，讚歎還是這個手感好。

林慕搭話：「你活著的時候，也常進賭場？」

胡三笑嘻嘻，「做偵察兵嘛，任務需要，隨便玩玩而已！怎麼？年輕人，害怕了？」

「那你……」林慕還想再問，然而荷官不動聲色地打斷了兩人的對談。

「第一局即將開始，在此之前，本賭場須先做出聲明，但凡發現有出千行爲，荷官及玩家可按鈴舉報，舉報鈴在您的座位下方。若出千者被當場抓獲，則當天輸贏籌碼不作數，即刻失去賭客資格，自動判定對家獲勝，並須賠償五十億違規金。若誣告，指控者同上處置。失去賭客身分的時長不定，直到副組長同意解除，才可再進入賭場，請玩家自重。」

林慕聽完慎重其事的聲明，反而笑了。

責罰聽來嚴重，但他卻從中聽出了不同的意味——這難道不是說，賭場不排斥出千，只要不被人發現？想抓人出千也可以，但要抓對，大家各憑本事。

荷官將三個杯子由右至左拿起，讓雙方確認杯中沒有問題，接著將杯子放回鐵架，把白球放入最右邊的位置。他按下桌邊按鈕，鐵架自動翻轉，蓋上杯子，接著三個杯子開始變換位置，由慢速漸漸加快，最後只餘模糊殘影，如服務生所說，肉眼根本不可能看清。

胡三氣定神閒，兩手枕在腦後，身子靠在椅背閉著眼，彷彿在小睡。

林慕若有似無地用籌碼敲著桌子，不時腳尖點了點桌腳，胡三注意到這些小動作，卻咧開嘴，沒有戳穿。

雖然多了些雜音，但絲毫不影響他聽出杯內動靜，光靠這些伎倆就想混淆他，果然還是太年輕。

直到杯子移動結束，胡三才睜開眼，眼底的笑意彰顯他勝券在握。

接著胡三在下注面板上按下數字——然而，勢在必得的他卻只下了最低金額，五千萬。

胡三哈哈大笑，指著林慕說：「你眞正的目的是這個吧？」

正準備下注的林慕抬頭，見胡三狡黠地笑著，對他說：「假裝做出小動作，讓我以爲你只會出這種招，事實上，你眞正的目的是要我大把下注。」

林慕面無表情。

胡三繼續點破：「下注最高者先猜，你只要一直下最低金額，就能確保讓我先猜，接下來事情就簡單啦，只要選跟我一樣的答案，就能確保獲勝，還能平分籌碼。年輕人，算盤打得挺響啊？」

胡三心想：年輕人知道賭不贏，所以對他而言，球在哪個位置根本不重要，重要的是心理戰。

如果雙方都猜對，那麼就是籌碼對半分，三局下來，無論猜對幾局，只要答案一樣，雙方獲得的籌碼就一定相同，對實力不如他的年輕人來說肯定穩賺不賠——哈，這就是他明知贏不了還堅持來賭的原因吧。

但現在，年輕人肯定沒想到他看破了這點，他故意也下最低金額，雙方下注金額相同，賭局就不會成立，必須重新下注。

胡三咧開嘴，「抱歉啊，年輕人，有輸有贏才有意思，對半這種事，老子恕不奉陪。」

林慕不動聲色，一旁觀戰的服務生咬得指甲都快沒了，接著林慕放完籌碼，示意荷官可以繼續。

荷官掀開隔板，頃刻間，堆成高塔的籌碼一下傾倒，嘩啦嘩啦撒向震愕的胡三面前。

林慕下注了近乎全部身家，整整一億多元。

他十指交扣，擱在桌上，輕描淡寫地說：「對半？不，我要你的全部。」

09 老油條和不要命的

胡三驚掉下巴，差點沒拿穩酒杯。

見慣賭場百態的荷官波瀾不驚，將手攏向林慕，宣布道：「第一局由這位貴賓先猜，請選擇右中左。」

林慕不假思索，雙眼眨也不眨地說：「中間。」

胡三「噗」一聲，忍不住大笑，「哈哈哈！老子差點被你唬住，還以爲多有把握，原來只是憑運氣！可惜啊，年輕人，賭最不該仰賴的就是運氣。」

胡三直視著荷官，手裡還捏著林慕的塑膠籌碼，「叩」一下敲向桌面，「我賭右邊。」

雙方發話完畢，荷官按下桌邊按鍵，三個紙杯同時開啓——

中間的杯子，明晃晃地停著白球。

而右邊的杯子，則停著一枚黑色籌碼。

「怎麼會！怎麼會有那個東西！」胡三顧不得形象，猛地從座位上彈起身，混跡賭場多年的他也不是省油的燈，很快反應過來，難以置信地指著林慕，「你、你你！是你放的！你出老千！」

胡三絲毫沒預料到杯子裡會有其他東西，因此被混淆了聽覺。

他瞪著那枚融於桌色的黑色籌碼，赫然明白林慕打從一開始就是故意把籌碼倒在桌上，接著趁杯子蓋上前，用指尖將籌碼彈飛進去——桌上凌亂的籌碼和同樣是黑色的桌面就是最好的遮掩。

除了胡三以外，在場所有人都沒能反應過來林慕究竟是什麼時候放的籌碼，簡直就像一場不可思議的魔術表演。

面對胡三的質問，林慕氣定神閒地啜飲一口香檳，眉頭皺也不皺，輕飄飄地拋出疑問：「你看見我放了嗎？怎麼不是你放的呢？」

胡三氣急敗壞地道：「瞎扯！只有你有實體籌碼，你還想狡辯？我要按鈴舉報……」

林慕莞爾，「確定嗎？」

「什麼……」

「碰到籌碼的人可不只我一個，確定你的『證據』夠資格指認我嗎？」林慕抬眼，酒杯遮住了他的半張臉，留下盈滿笑意的眼眸，更增添一抹詭譎。

胡三懂了，原來這陰險的小子剛才給他玩籌碼，就是爲了這一刻！

如果沒有明確證據能證明是對方出老千，那麼自己就會被視爲誣告，不但賠了面子還會失去賭客資格！

胡三氣得牙癢癢，林慕又不緊不慢地補上一刀：「還有，利用撲克牌的好處強化聽力，難道不算出千？」

胡三無法指認對方出千，還被反踩一腳說是靠撲克牌作弊，他還沒遇過敢這麼挑釁錢幣組幹部的人！

胡三緊閉上眼，深呼吸又吐氣，平復情緒後，沒有拿身分來壓林慕，只是煩躁地道：「下一局、下一局！」

他心想著晦氣，怎麼遇上個這麼難搞的臭小子！

事實上胡三算是掃到颱風尾，若是面對一般賭局的對手，林慕或許還會客客氣氣，偏偏胡三是持有高階撲克牌的玩家，還是錢幣組幹部。

憑著撲克牌享盡好處、仗勢欺人的高階玩家和錢幣組的成員都和他有仇，他勢必不會放過。

荷官收回白球，這時賭場人員已將林慕贏得的一箱籌碼帶來，推到林慕面前。

胡三皺了下眉，還是忍不住問：「你是怎麼猜到白球在中間的？」

都怪自己大意，白球和籌碼都是塑膠，重量很輕，所以聲響極小，聲音差距不大。

他確實曾聽見右邊和中間傳來相似的聲響，瞬間懷疑是右邊還是中間，但因爲三個杯子距離極近，當時以爲是那小子動桌子產生的雜音，所以選擇了聲響更明顯的右邊。

現在他才想通，除了兩個杯中都有東西以外，也是因爲籌碼本身比白球厚實一些，碰撞聲響會更大，他在不知情的情況下，肯定會選擇聽起來更響的杯子。

而那些明目張膽的動作並不是毫無意義的假動作，而是爲了增加雜音，掩飾杯子發出的雙重聲音，同時轉移自己的注意力。

這小子居然都摸透了！現在的小鬼城府這麼深？

胡三自認是輕敵，但他想不明白，即使自己被混淆了，爲什麼這小子能猜中白球位置？

林慕摩挲著籌碼的盒子，露出滿意的微笑，接著才抬頭，慢條斯理地道：「別急，玩完再告訴你。」

冷漠的青年難得「溫聲細語」，反令胡三更加火大，憋著一口氣差點喘不過來，「你……哼！摸吧、摸吧，多摸一點，下一局就摸不到了！」

現在他已經知道這小子的招數，相同手法不可能用第二遍，而遊戲還有兩局，多得是機會扳回一城。

胡三依然懷疑林慕第一局能猜中是碰巧，爲了讓他動搖才故弄玄虛。

之所以這麼猜測並非輕敵，也並非毫無根據，而是根據林慕的角度來判斷。因爲第一把林慕出千，所以他能確信胡三不會選對杯子，因此即使林慕沒猜中也無所謂，頂多平手。當然若是林慕碰巧猜中，就能重挫胡三的銳氣，讓胡三懷疑他，例如現在。

胡三哼笑一聲，很快恢復狀態，再次靠向椅背，痞裡痞氣地說：「好吧，上一局確實是我輕忽了，這次，你的好運用完了。」

這番話等同於胡大佬對林慕下了戰帖，讓原本對這場對決不感興趣的其他大佬不禁多看了兩眼，畢竟區區一個數字二，他們從來不曾放在眼裡，更別提挑戰。

很快地，數字二平民對抗紅心九幹部的消息在賭場內一傳十、十傳百，不知不覺兩人的賭桌周圍聚集了越來越多人，無論是玻璃牆內還是牆外，所有人皆抱持著懷疑的心情看著接下來的對決。

這是一場輸贏無庸置疑的比賽，比起對賽況的好奇，大多數人更像是在欣賞一頭奇珍異獸，而且眾人的焦點很快地被轉移，從震驚哪來膽子這麼大的平民，變得震驚哪來這麼標緻的平民，接著有人提起在群組裡看到的八卦，得知林慕爲了抵抗黑龍會而自斷手臂，眾人紛紛露出驚愕的表情……

「胡大佬該不會是惹到瘋子了吧?」

「這還是新人嗎?你看他一點都不害怕,剛才還嘲笑胡大佬!」

「嗯,他這麼性感,做什麼都是可以被原諒的哦。」

所有人都毫不關心林慕第一局的勝利時,只有一人興奮地歡呼,按著林慕的肩膀說道:「你居然眞的贏了一把!你怎麼辦到的?太厲害了!」服務生神情激動。

至於胡三,雖痛失五千萬,但對本就擁有上億資產的他而言還不算告急,不過,當荷官宣布第二局開始時,胡三依然坐直了身體,聚精會神觀察林慕的一舉一動,他認眞了。

重要的不是錢,而是在場有無數賭客圍觀,還包括他的部下,這個面子丟不起!

荷官正準備將球放入杯中,林慕吃著蛋糕,狀似不經意地開口:「我要檢查球。」

根據規定,賭客可以要求對一切物品進行檢查。

林慕起身,從荷官手中接過白球,檢查了一圈。胡三皺眉,覺得不對勁,立刻喊道:「我也要檢查球!」

他懷疑林慕對球動了手腳。

林慕笑了笑,將球扔給胡三,胡三接下,整顆球仔仔細細檢查,卻沒發現任何異狀,無論是重量、外觀一切正常,最後他只得狐疑地將球還給荷官。

荷官將球放入杯中，按下桌邊按鈕，機器開始翻轉。

在杯子完全蓋上前，胡三甚至不眨眼，死死盯著林慕的雙手。

畢竟兩人坐得離賭桌極近，雙手距離杯子不過三十公分，因此一絲動靜都不能放過。

然而這次林慕居然十指交扣，擱在桌上，連根手指都沒動。

胡三百般不解，這小子到底想搞什麼名堂？

見林慕一臉淡定，胡三不由得心裡發毛，接著他抬頭對上林慕的眼睛，林慕見他滿臉凝重，忽然噗嗤一笑，微微上揚的眼眸彷彿是在笑他的恐懼。

胡三愣了愣，登時面紅耳赤。

怪了，自己堂堂一個數字九竟然會怕數字二，真是見鬼了！

杯子徹底蓋上，接著三個杯子高速位移，胡三聽著杯子的動靜，這回相當正常，沒有多餘雜音，他能聽見白球敲擊杯壁的聲音，也能清楚判斷所在位置。

機器停止，荷官說道：「請兩位貴賓下注。」

短短十秒，卻是一場攸關上億與性命的賭局。

胡三滿腹懷疑，忽然靈光一閃，發現自己想岔了。

是籌碼！這小子第二、三局的打算，並不是出老千，而是在於計算籌碼。

這小子已經贏了一局，接下來只要一直用最低金額下注，就能保證第二順位猜球，接下來他只要跟著自己的答案下注，便能平分籌碼，三局總結，這小子根本不可能會輸，還能大賺一筆！

他媽的！難道他堂堂胡三眞的要輸給一個毛頭小子？

胡三面色鐵青，把叉子摔在桌上，正火大著，林慕忽然推開下注區的擋板，說道：「我可以不下注最低籌碼，只要你回答我一個問題——你以前在哪裡當兵？」

胡三被問得一愣，一時沒考慮利弊，只覺得沒什麼不能說的，「在哪裡？A城啊。」

「你一直都住在A城嗎？」

「我老家在A城，後來升官被調到……奇怪，我有升官嗎？被調到哪裡來著？」胡三越說越困惑，直到腦中一片空白。

「這樣就夠了。」林慕已經得到了自己想要的答案。

這裡的所有人都是如此，越久以前的事記得越清楚，越靠近的事反而越模糊，不同於一般人的記憶狀況，他們的大腦肯定受到了某種控制。

服務生湊向林慕，小聲說：「這該不會是你進來高額獎金區的眞正目的吧？我就說你怎麼敢跟大佬們賭呢，原來是爲了探聽消息？」

林慕沒看他，只道：「看來値六十元。」

「什麼？」沒頭沒尾的，服務生聽不懂。

胡三回過神，發現林慕那句「回答問題，我可以不下注最低籌碼」怎麼好像是在讓自己一步？他居然被數字二讓了！

胡三乾咳一聲掩飾尷尬，心想好處不拿白不拿，故作鎭定地用指節叩了叩桌子，「年輕人，下注吧。」

林慕沒有推出任何籌碼，而是靠向椅背，雙手交疊擱在膝上，一時之間竟比胡大佬更有老大的風範。他雲淡風輕地拋出一句話：「梭哈，再賭上我的腿。」

胡三再次愣住，周圍無數觀眾也瞬間鴉雀無聲。

從沒見過這麼瘋的人，竟然要爲了區區一場賭局賠命！

胡三震驚不已，叫這小子別下注最低籌碼，沒叫他梭哈啊！

荷官依舊冷靜：「經櫃台系統評估，這位貴賓雙腿價值九百萬元，目前總下注金額一億六千七百萬元，請另一位貴賓下注。」

胡三徹底被搞糊塗了，他完全摸不清這小子的套路，但他可沒這麼瘋，一局就耗盡所有身家。

胡三皺眉思索，原先自己籌碼共五億，系統額外發了一億，而上一局輸掉五千萬，目前手上只有五億五千萬。他想著這小子是不是瘋了，經過審慎衡量後，開口道：「一億。」

對面已經梭哈，這局就能定生死，胡三不須豪賭，但堂堂一個紅心九也不能下得太難看，他心想：這小子這麼做難道是下馬威？藉此向所有人展示自己並不怕他，甚至有自信能贏。但他胡三什麼時候被洗過臉？尤其還是他最拿手、一戰成名的猜杯子！

胡三擔心林慕是不是有後招，臉上的表情相當精彩，一會惱怒，一會疑懼。

荷官伸手擺向林慕，「第二局由這位貴賓先猜，請選擇右中左。」

林慕簡短地答：「左邊。」

胡三瞬間瞠大眼，難掩興奮地坐直身體。

他贏了！

胡三答道：「在中間。」

胡三對著面無表情的林慕直笑。年輕人，賭博光靠運氣，註定血本無歸啊！

荷官按下按鈕，三個杯子同時開啓。

林慕在這一刻說：「你不是好奇我是怎麼知道白球在哪嗎？」

所有人的目光頓時聚集到林慕身上，林慕呵的一聲笑了，並非像以往帶著嘲諷，而是眞心實意的笑容，絕美得讓眾人發愣。林慕接著說道：「現在是不是更想知道了？」

胡三愣愣地低頭，掀開的杯子底下，中間空空如也，白球正是在左邊。

他輸了。

「不可能、怎麼可能！我明明聽見了！」胡三站起身，不敢置信地摸了摸自己的耳朵。他絕不可能聽錯！怎麼可能會有這種事？

「是頭髮。」聲音來自圍觀人群最後方，一名身穿西裝的男子推了推眼鏡，深深瞧了林慕一眼，「仔細看他手邊的桌上，有一根頭髮。」

眾人驚訝地將視線轉向發話者，竟是籌碼排行第五的徐大佬，本名徐明。

徐明離賭桌有一段距離，卻絲毫不影響他看清賭桌，因為他正是以極佳眼力聞名，撲克牌加強了他的視力，據說他連空氣中的懸浮微粒都能看得一清二楚，因此才戴著眼鏡，削弱自己視力。

眾人順著徐明的視線望過去，睜大眼睛端詳了許久，好不容易才看出林慕手邊似乎有一根長髮。但他們不能明白，桌上有落髮很正常，怎麼了？

徐明說：「在杯子打開的瞬間，我看見球從中間往旁邊撥了一下。」

胡三驚覺眞相，忍不住脫口而出：「難道說……」

徐明一臉置身事外，語氣還有一絲讚賞，「他假裝站起來檢查球，其實眞正的目的是在桌上放頭髮，這樣就能利用黑色的桌面完成隔空移球。」

在那短短不到一秒之間，林慕憑藉頭髮一撥，完成了這局戲法。

這不僅需要速度，還必須精準地掌握力道，在場那麼多雙眼睛，除了徐明以外，竟沒有一個人看見林慕是何時出手。

服務生終於見識到何謂出神入化的手法，這才明白，這就是神偷的右手。

荷官宣布：「恭喜玩家林慕獲得一億籌碼，兩局累計獲得一億五千萬！」

林慕身價彈指間整整翻了一倍，如此高潮迭起的賭局，讓原本不看好他的賭客們全都興奮地鼓掌，大聲呼喊著：「林慕！林慕！林慕！」

胡三癱倒在沙發上，短短兩局，在最拿手的遊戲，他丟了四分之一籌碼。

胡三抹了抹臉，心想死也要死得明白，「你爲什麼要梭哈?靠籌碼不就穩贏了嗎？」要不是這小子像瘋子一樣梭哈，他也不至於賠得這麼慘！

林慕兩眼彎如明月，溫潤明朗，發言卻毫不留情：「我的目的不是贏你，是贏所有人。」

因爲起點太低，所以每一把都要玩得夠大，才能成爲第一。

林慕之所以挑猜杯子，就是因爲賺得快、賭金高，加上胡三對聽力極度自信，那麼他便利用這份自信，讓他不會懷疑自己有錯，並捨得下注。

觀眾們紛紛大笑，「好狂妄的語氣！這不是得罪所有大佬嗎？」

「我怎麼有點期待他第一了？哈哈！」

「他笑起來眞的好性感哦……」

「下一局！下一局！」

周圍人不斷鼓吹兩人繼續對決，他們要看到血流成河，然而，看似急躁魯莽的胡三意外地沒有惱羞成怒，雖然賠了一億五千萬，但畢竟見過大風大浪，還不至於失態。他牙一咬，大方地承認輸了，頭一次正視林慕的臉，收起輕佻的語氣，正經地問：「你不簡單，怎麼沒聽說過？」

林慕呵地一笑，「你們錢幣組的群組有人傳過我的照片。」

胡三皺眉，他不常看群組，誰教聊天室天天被一堆沒用訊息洗版，「原來你已經混出名堂了，以什麼出名的？」

林慕微笑，「你們那些人說我長得像欠幹的婊子。」

胡三沉默一瞬：「……哪個傢伙這麼混帳？」

胡三轉頭對荷官說：「不賭了，我棄權。」

在場有人驚訝，有人失望，有人表示理解。

畢竟對家氣勢如虹，胡三這賭場老手深知「氣運」也是賭博的致勝因素，再賭下去，自己贏面不一定大。

荷官提醒道：「棄權視同失去本場投注所有籌碼，並自動判定由對家獲勝，請問您是否確定棄權？」

胡三點頭。

林慕正在吃第三塊蛋糕，旁邊疊著一疊盤子，他含著湯匙，挑眉道：「確定要認輸？下一局說不定你可以獲勝，畢竟我的招數你都明白了。」

胡三擺了擺手，「沒必要、沒必要，你眞要我的全部身家啊？」他哪知道對手還有什麼後招，沒那麼傻，爲了一場賭局押上大部分財產。

林慕也跟著笑，似乎在認可胡三還不算太衝動。

胡三問：「說吧，第一局時爲什麼你能猜中白球？」

林慕不再打啞謎，或許是因爲心情好，又或許是因爲胡三讓他願意解釋。

「眼神。第一局你睜眼的時候，眼球下意識先往右偏才往左，接著在右邊和中間來回，最後停在右邊。」

這點證明右邊和中間都可能有聲音，但最後胡三選擇的是右邊，於是林慕選擇了中間。

「哈哈哈！原來如此！是我大意了。」胡三大笑著站起身，拍了拍林慕的肩，「玩得不錯，下次再見。」接著他瀟灑離開，很有風度。

一場驚險刺激的賭局結束，眾人頭頂上的排行榜即時更新，林慕以前所未見的速度一舉進入第六名，而原本第六名的胡三則被擠下，變成第十三名，掉出十名以外。

自此再也沒有人敢小看林慕，他在賭場引起不小騷動，許多人都在討論他。

但林慕臉上卻絲毫不見喜色，因為第六名並非他的目標，對他而言，只要不是第一名，無論名次多靠前，一樣都是輸家。

林慕離開猜杯子的賭桌，走向玩撲克牌的區域，服務生捧著幾大箱籌碼趕緊跟上，沿路不停讚歎他有多麼帥氣。

「大哥，你剛才太帥了！不愧是神偷的右手啊！」服務生不知何時換了稱呼，喋喋不休地讚美林慕，一臉「從今以後你就是我大哥」的樣子。

林慕左耳進、右耳出，他正專注地看向在玩德州撲克的賭桌，忽然問服務生：「你身上有整副撲克牌嗎？」

「哦、哦，有啊。」服務生摸了摸口袋，正要掏出來時，被一陣腳步聲打斷。

賭場門口出現一批大陣仗，以黑色花襯衫的落腮鬍男人爲首，身後跟著整群保鑣，以及形形色色的美人們，她們個個身材姣好，在遊戲裡實屬少見，可以說是網羅了所有最具姿色的女玩家。

林慕聽見聲音回望一眼，明顯頓了下。

服務生臉色一變，喊道：「是金龍大佬！我聽說他去年在第八層被關了啊！怎麼會出現在這裡？」

服務生見林慕眨也不眨地望向那邊，趕緊拉了拉他，「你千萬不要跟他賭！這可不是開玩笑的，他和其他大佬不一樣，聽說他……」

林慕揮開服務生的手，事實上他並不是在看金龍，而是在剛才那群人的後方──他好像看見了副組長。

但人影很快便消失，也沒看見李眞。

林慕皺眉，發現自己下意識在找李眞。

他居然有點在意對方去了哪裡，好像對方還會回來一樣，對他來說，應該所有人都不重要才對，最好都滾得越遠越好。

這時金龍已經來到林慕旁邊的賭桌，饒有興致地打量著賭局，原本正在賭博的賭客們不約而同扔下牌，匆匆表示要結束賽局。

「哎，眞沒勁，我也來賭一把吧。」金龍燦笑，門牙有一顆是黑的，另一顆是金牙，邊說邊往沙發椅坐下。

就連訓練有素的荷官見到他都微微變了臉色，正在擦拭桌面的手停頓一會。

「我說，我要來賭一把，妳們沒聽見嗎？」金龍把玩著手上一疊撲克牌，忽然間，他高舉起厚厚的牌，重重砸在地上，「還不給老子鼓掌！是想看老子輸錢嗎？」

金龍身後的美人們接連發出慘叫，跪倒在地，有的甚至滿臉是血。

原來金龍手上那厚厚一疊牌不是賭場的撲克牌，而是他所掌握的所有奴隸的身分牌！高達整整一百多張！

牌一摔，所有奴隸痛得哀號，但仍不忘害怕地大力鼓掌，臉上還必須擠出難看的笑容。

伴隨著連串金屬「鏗鏘、鏗鏘」的聲音，林慕注意到她們手上全戴著手銬，如狗鍊似地將所有人連在一起，誰也逃不了。

掌握身分牌還不夠，連手銬都用上了，這就是他們口中的奴隸？林慕冷眼旁觀。

「第二名的排場就是不一樣啊。」周圍賭客說道，彷彿習以爲常。

服務生壓低音量勸阻林慕：「我已經知道大哥很有實力了，但這次眞的不能開玩笑。金大佬一直是這裡的第二名，牌品很差，卻沒人能治得了，因爲他運氣出了名地好，每次都豪賭，經常大起大落，卻不知爲何最後還是能一直保持在第二名……」

服務生越說越小聲，深怕金龍聽見，「有人說他和系統勾結，所以系統給他開了後門，聽說他生前是黑道，人脈很廣，到現在都還有人說要不是徐斌橫空出世，金龍肯定會當上副組長。」

金龍拍了拍桌，大聲吆喝，「怎麼沒人要坐下？來啊！跟我賭一把！」

金龍掃視周圍所有人，人們紛紛低頭避開目光。

這時林慕開口：「急什麼，急著輸錢？」

不鹹不淡的語氣，在嘈雜的賭場中理應被無視，但他嘲諷的對象是惡名昭彰、無人敢惹的金龍，因此瞬間所有人都安靜了。

10 喪心病狂與心口不一

金龍抬眼看向不知好歹的林慕，咧開嘴，露出金牙，「你說老子會輸錢？」

金龍性格喜怒無常，即使臉上笑著，下一秒也很有可能動手傷人。

服務生知道這點，害怕地躲在林慕身後，扯著他的衣襬，「大哥啊！拜託你快逃吧，如果他眞的和系統勾結，你絕對不可能贏啊！」

系統就是一切的規則，金龍想怎麼玩就怎麼玩，絕不可能輸。

林慕聞言卻失笑，「還是一樣啊。」

服務生「咦」了一聲。

「說你啊，怕系統怕得要死。如果連這種貨色都玩不過，我還敢說要搞系統？」林慕逕自在沙發上坐下，宣告賭局正式開始。

群眾再次沸騰，有幾人打破僵局，不怕死地說：「這個新人帥啊！連金大佬都敢挑釁！」

「我都不知道是在看賭博還是在看角頭！」

「打死他、打死……」

金龍一個視線掃去，周遭的人又閉嘴了。目光回到賭桌，他把玩著手機，眼底毫無笑意地笑著說：「哪來的？」

林慕回以一笑，「你呢，以前做什麼的？」

金龍眉頭輕挑，也不是省油的燈，立刻察覺林慕在套話，想知道自己生前的事。他撥動著金戒指，說道：「玩過二十一點嗎？」

言下之意是，賭贏了才告訴你。

林慕沒有回答，抬手示意荷官開局。

服務生試圖勸阻，臉色鐵青道：「大哥，不要再賭了，你已經賺了大錢，甚至還能買回左手，收手吧。」

林慕瞟了服務生一眼，又盯向對方按在椅背上的手。服務生頓感寒意，彷彿自己的手掌下一秒會被砍斷，他抖了下，但依然堅持著沒有收手，「你根本不知道賭博的下場是什麼！失去所有籌碼的人在哪裡你知道嗎？這裡的地下室……這裡的地下室，整整一層，都是堆積如山的屍體啊！」

服務生激動地說著，鼻腔一酸，眼角竟有淚光。

服務生聽見耳麥裡不斷傳來主管的警告，要他不准干涉客人下注，否則後果自負，他雖然怕得顫抖，但仍沒有鬆口。

沒人知道他看到了多少黑暗面，又面對多少次無能爲力的情景，他只能眼睜睜看著一個個絕望的玩家被拖進懲罰間。這兩年間，他不敢隨便告訴別人自己臥底的身分，更不敢說系統有問題，就算說了也沒人相信，只有林慕聽他說話……整整兩年，他眞的受夠了，他不想失去唯一的戰友。

林慕靜靜注視著激動的服務生，彷彿一台沒有感情的機器，直到服務生絕望地垂下手，林慕才說道：「如果我會怕這點事，從一開始就不會選擇與系統作對。我的目的不是錢、也不是左手，只有成爲第一，才是我唯一的目的。」

他一生都在被迫屈服，因爲沒有安身之處，他必須跟別人搶地盤、搶食物，誰教他出生就沒有錢、沒有家？因爲營養不良，所以他體型瘦弱，在很小的時候也曾爲了混口飯吃而被迫趴在地上吃別人踩過的食物。雖然那些都是十分久遠、久遠到他不願再回想的事，但即使不去想，那些過往依然糾纏著他，有時他半夜會驚醒，以爲自己還在那條街裡。

不過，他不怨天尤人，畢竟從來沒有人應該對他無條件施捨，今天他能成爲現在的模樣，靠的全是自己。這讓他知道，只有自己能主宰自己的人生，如果他因爲膽小害怕而不敢去面對，那麼他最怨恨的人就會是自己。

所以，他會不計一切代價成爲第一，他要告訴遊戲，針對他是沒用的，他不會被擊垮，他甚至要進入地獄商城，揪出該死的系統，回去過自己好不容易才爭取到的新人生。

這些話林慕不會對服務生或任何人說，因爲人生際遇各自不同，沒人能懂。其他人只須要知道，他林慕在達成目標之前，絕不會退縮！

服務生不理解林慕爲何如此執拗，「大哥，成爲第一根本不可能！不只金龍大佬，上面還有副組長啊！你是爲了開啓地獄商城嗎？我們以後有得是機會接觸系統，不一定要……」

「沒有其他機會。」林慕呵一聲，「如果有的話，你會兩年了還在這裡？」

服務生被堵得一愣。

林慕覺得以後不會再有這麼好的機會。這次突如其來的活動很可能是系統針對他而來，原因不明，但他總感覺，這像是系統鋪的一條路——

它在等自己走到它面前。

是惡意？是考驗？還是好奇？無從得知。

但既然對方扔了繩子，就算那是一條長滿尖刺的荊棘，他也會拚命爬上去，把那個高高在上、自以爲萬人之上的系統扯下來！

服務生回過神來，依舊不甘心地勸阻：「雖然我的確還沒找到方法，但也不是一無所獲啊！你不用賭命，我會盡全力幫你的！」

林慕說：「幫我？」

服務生用力點頭，「是啊！我們警察的職責就是維護社會秩序，保護人民的安全！」

林慕「噗嗤」一聲笑出來。

聽見熟悉的冷笑，服務生渾身一寒，「你不相信我嗎？我眞的是……」

林慕抬手打斷，「我說過，我不在乎。你認爲有多少警察是擁有理想和抱負才成爲警察？你考警察，難道沒有半點原因是爲了錢、爲了名聲、爲了鐵飯碗？」

當初他在街頭被打得半死，有路人報了警，而警察只是出面走個形式，連筆錄都沒做就離開了。那時他被打得鼻青臉腫，耳中嗡嗡作響，卻還是清楚聽見那些警察說道：「又是這群流浪漢在惹事。」

是的，因爲他是流浪漢，所以無論他莫名在街上被人毆打，還是受到不公平的對待，都是理所當然。

服務生被林慕這番話堵得再也說不出話。

林慕擺了擺手，示意荷官開始。

這桌的荷官音色高亢，笑容滿面、充滿活力地介紹本場遊戲的規定——

本場賽局是新天堂的經典遊戲，二十一點！

第一輪每人會先發兩張牌，一張蓋牌，另一張攤開，接著您可以選擇是否要加牌，每加一張皆須下注，且採取輪流加牌形式，最後所有牌面數字加總最接近21點的人就是贏家。超過21點，就會「砰」地爆牌，直接判輸；無人爆牌，則數字大者為贏家。若牌面剛好取得21點，無須主動告知，直到對家停止加牌。

另外，親愛的玩家們請注意，每局贏家除了能獲得輸家下注籌碼外，還能額外獲得雙方下注籌碼總額作為獎金，而此筆獎金將由輸家提供，請謹慎下注！

林慕總覺得這個荷官說話的語調讓他頭疼，轉頭又讓侍者多送幾盤蛋糕。

金龍掏出雪茄，旁邊的美人立刻幫他點上，金龍一面吞雲吐霧，一面笑道：「一個大男人居然這麼喜歡吃甜點？」他表面語氣和睦，眼神裡的鄙夷一目了然。

其實林慕並沒有特別愛吃點心，他的想法很簡單，有多少吃多少，能多飽吃多飽。但他沒想到都什麼年代了，還有人對性別有刻板印象。

林慕撐著腦袋，「你說話像我爸，喔，我忘了他已經死了。」

金龍差點沒把手裡的雪茄捏斷。

金龍皮笑肉不笑，摸了摸落腮鬍，「普通的賭博太無趣了，我不缺錢，輸了你當我的奴隸吧！」

他身後的女人們一聽見「奴隸」這個詞，瞬間渾身哆嗦，喉頭發出不明音節，彷彿患有創傷後壓力症候群，一個個眼神渙散，嘴唇發紫，緊閉上嘴。從她們絕望的表情中，明顯能看出成爲金龍的奴隸有多麼淒慘。

林慕挑眉，沒有回答。

金龍咧開笑容，模仿林慕的語氣，故意噁心道：「喔，我不是看上你的臉，像你這種不男不女的貨色，老子看了就想吐。」

林慕這才開口：「嗯，學得不錯，你有潛力當我這種gay。」

結果金龍自己被噁心到差點噎著。

服務生本來很沮喪，但一聽見八卦忍不住耳朵動了動，多嘴道：「大哥，你是gay啊？」

林慕一本正經地說：「我喜歡我自己，不是gay不然呢？」

雖然大哥長得很漂亮，但實在看不出來喜歡同性，不，看不出他會喜歡任何人……他心想。

服務生：「……」無法反駁。

林慕看向金龍，說道：「奴隸？可以，如果我贏了，我只要你兩個字。」

金龍不屑地嗤笑，「哈！哪兩個字？」

「我要你後悔。」林慕說。

金龍一怔，身後的女人們不禁後退，然而金龍並未動怒，而是拍桌大笑，「哈哈哈！這句話聽起來真耳熟啊！對了，上一個敢跟我叫囂的人，也說了同樣的話……但現在呢？姓徐的即使混上副組長，也沒辦法將我拉下台啊！」

周圍玩家聽見提及了副組長，面有難色，卻又敢怒不敢言。

林慕皺起眉，之前在門口那些傢伙即使再無禮，面對副組長依舊畢恭畢敬，這說明副組長在眾人心中地位極高。但現在金龍當場嘲諷副組長，在場所有人、包括錢幣組的幹部，竟然沒有一個敢出聲，說明金龍的狂妄並非毫無底氣。

是什麼讓他敢這麼囂張？

第一局開始，荷官先各發一張蓋著的底牌，又各發一張掀開的牌。

林慕拿到數字3，金龍則拿到數字9。

林慕看了眼底牌，是數字10，目前共13點，牌不大，還有繼續加牌的空間。

荷官請雙方下注，林慕出了五千萬，金龍也下了五千萬，接著無人再動作。

林慕猜測金龍是在觀望。

荷官笑咪咪地問：「請問兩位貴賓還要加牌嗎？再次提醒，每加一次須再下注一次，好消息是不限制金額哦。」

林慕推出了一百萬籌碼，點了點牌面。

荷官的視線在林慕的手指上停留一會，才加了牌——是數字7。

目前林慕是20點，距離21點只差1點。

金龍不知道林慕的底牌，卻指著他笑道：「你的牌接近21點啊，運氣不錯。」

林慕微微一笑，「我的檯面上就10點，怎麼接近21點了？」

金龍咧開嘴角，「老子就是知道，還想跟我裝啊？難道我說錯了嗎？」

林慕不置可否，笑容無懈可擊，「既然你這麼有把握，那麼，還不加牌？」

金龍暗中冷笑，心想沒能詐到這個狡猾的臭小子。

林慕很清楚，對方裝作自己有辦法看到牌，目的就是爲了試探自己的反應，想知道他的牌有多大。

二十一點玩的不只是運氣，還有心理戰。牌面能不能接近21點，靠的是運氣，而自己手裡的牌能不能比對方更接近21點，靠的就是心理戰。

讓荷官發越多牌，承擔的風險越大，如果爆牌便全盤皆輸，所以，最好的方法是在越少的牌數內贏過對方。

林慕琢磨，金龍目前檯面上有9點和一張底牌。一張牌最大是11點，所以金龍最多只可能有20點，如果不加牌，頂多打成平手，自己不會輸。

此時金龍開口：「我加一百萬！發牌！」

荷官發了牌，是數字Q，代表著10點。

如今金龍檯面上已有19點，剩下一張底牌不知點數，根據遊戲規定，爆牌必須掀牌，金龍沒有反應，說明還沒爆，那麼底牌只有可能是數字2或者A。

二分之一的機率，金龍可能擁有21點。

這局有機率會輸，但林慕不慌不忙，因爲從兩方保守的下注金額看來，都還在試探對方的底細，現階段誰也佔不了便宜，得繼續觀察。

二十一點是每局結算，然而新天堂規定在雙人對決、無莊家的情況下，必須兩位玩家各自擔任五局上家，玩完十局才能離桌，一局的勝負還不能見眞章，在確定金龍的能耐以前，他不會貿然下手。

林慕已經準備好攤牌，周圍群眾也屏氣凝神等待結果——金龍卻忽然說道：「我再下注兩億！發牌！」

諒是冷靜如林慕都愣住了。

他居然加牌？而且還下兩億！

林慕很快分析出金龍手裡的牌是20點，因爲這樣才會繼續加牌，但20點還加牌，幾乎是前所未聞，除非金龍有自信能抽到A。

現在已知金龍的底牌是A，下一張再拿到A的機率不高，爲什麼要豪賭？難道是出千換牌？這就是他的招數？

林慕蹙眉，眼看荷官在金龍的要求下又發下一張牌，周圍群眾大氣都不敢喘，只有金龍老神在在，接著，荷官攤了牌——

數字7。

金龍兩手一攤，嘻嘻笑道：「哎呀，運氣眞不好，爆了。」

林慕瞬間獲得五億五千三百萬，排行榜即時更新，他又上升了一名，現在是第五名。

周圍的人都在歡呼，沒人不喜歡小人物打臉高階人士的戲碼，加上金龍惡名昭彰，不少人暗中希望林慕眞能贏過金龍，重挫對方的銳氣。

但林慕的臉色絲毫未見舒展，眉頭反而蹙得更緊。

這人到底想做什麼？如果單純只是想拚一把21點，沒必要下注兩億，他的目的是什麼？

金龍哼著歌端起酒杯，然後隨意拿起一張奴隸的身分牌擦嘴，無視身後的慘叫。奴隸空洞的眼眸流下淚水，臉上滿是淒涼，像塊破布任憑擺布。

林慕手指一下下輕叩桌面，不發一語。

接連幾局，竟都是一樣的結果。

金龍的牌爆了。

又爆了。

金龍的臉色終於難看起來，他大罵身邊的美人們，一手砸向手邊的身分牌，有幾個人當場昏厥，七孔流血，場面慘不忍睹，連周圍熱愛八卦的群眾都有些看不下去，紛紛離開。林慕發現金龍不只腦袋有問題，而且簡直毫無牌技可言，他就是個狂徒，只要還沒超過21點，就想加牌加到21點爲止，總是覺得下一張牌肯定就是他要的。

想當然耳，結局就是一直輸。

林慕像中了樂透一樣，擁有籌碼不斷增加，沒幾局竟累積到了二十五億，距離第三名的大佬僅剩一千多萬的差距，位居第四名。

由於晉升過於快速，引得各處大佬們停下了手邊的賭局，尤其是原本在第四名的大佬，他不敢相信自己竟然被一個新人超越，也跟著關注起林慕和金龍的賭局。

但林慕卻未因此欣喜，反而面色凝重，看著金龍手邊那一疊破舊的身分牌。

金龍如果只是個沒有腦袋的狂徒，不可能長年位居第二，一定有什麼他不知道的事。

然而，今晚幸運女神似乎站在林慕這裡。林慕底牌是5，掀開的牌是7和9，正好是21點。

而金龍掀開的牌則是8和K，張張都是大牌，如果底牌不夠小，這局很可能又要爆了。

荷官照慣例詢問雙方須不須加牌，金龍毫不意外地又加牌了。不過，這次卻有所不同——

「媽的！今晚運氣有夠背！我要梭哈，賭上我的三十億，給我加牌！」

全場無一不倒抽口氣。

梭哈，他竟然梭哈，已經輸了一整晚，還爲了一手不可能贏的牌，賭上所有家產！

服務生驚恐地拉著林慕問：「他是不是在模仿你的行爲？他會出千嗎？」畢竟林慕在上一場遊戲就是靠梭哈和出千成爲最後贏家。

林慕看不明白金龍的舉動，對方的每一個表情、動作和細節，都只寫著一個字，「蠢」。

沒有任何暗招，看不出任何手腳，可是林慕依舊沒有掉以輕心。

荷官再加牌，不出所料，又爆了。

令人不敢置信的是，金龍竟然只是嘖了一聲，搖頭道：「今晚運氣果然背。」

他完全沒籌碼了，居然僅是這個反應。

這時，旁邊忽然爆出哭聲，奴隸們紛紛發出嘶啞的聲音，像是剛出生、不會說話的嬰兒只能發出哭聲。她們跪著拚命搖頭，緊緊抓著金龍的褲管，卻被金龍厭惡地甩開，「吵什麼吵！都剪了妳們的舌頭，怎麼還能這麼吵！」

荷官唯恐天下不亂般，湊向金龍笑嘻嘻地說了一句：「您還要賭嗎？您沒有籌碼了呢。」

金龍不耐煩地擺手，「賭啊，繼續賭！我還能再換籌碼！」

這句話讓林慕背脊一僵，盯著金龍手邊的身分牌，瞬間茅塞頓開，有了不好的猜想。

荷官開始發牌，宣布第八局開始。

金龍招來手下，從身分牌中隨便抽了幾張，隨口道：「去換五億！」

沒多久，賭場保鑣出現，將被選中當籌碼的女人們往外拖，她們淚流成河，苦苦哀求，死也不肯走。保鑣對金龍搖頭，金龍不耐煩地皺眉，扒開女人抓住自己的手，「好好聽話，至少妳的兒子會代替妳好好活著，如果不聽話，我保證你們都會生不如死！」

女人猛地顫抖，猶豫片刻，默默鬆開了手。

林慕將一切盡收眼底。利用他人兌換籌碼須當事人同意，如果那些女人不願意，金龍也無法這麼做，所以，金龍掌握了她們的弱點，從而得到源源不絕的籌碼，這就是他能長年保持在第二名的原因。

「金龍大佬……不，這個喪心病狂的傢伙，難道是用他的女人兌換籌碼？」服務生不敢置信地瞪大眼睛。

林慕摩挲著蛋糕叉，「在你們這裡，利用奴隸換籌碼不是稀鬆平常的事？」

服務生拚命搖頭，「雖然聽過這種事，但那些犯罪分子都是私下交易，絕對不敢搬上檯面，因爲錢幣組明文規定販賣人口是重罪，一旦證實罪行，副組長有權將違法的人終生監禁，再也無法闖關，從此失去離開遊戲的機會……」

林慕思忖，所以之前才沒人知道金龍能長年位居第二的原因，那麼，爲什麼他現在突然敢明目張膽？

服務生握緊雙拳，激動得發顫，「早就知道金龍不是好東西，但原本以爲他帶一群女人在身邊只是爲了享樂，沒想到居然是爲了換籌碼，還抓住她們的孩子作爲把柄……」

無能爲力的女人們被拖拽著，臉上滿是絕望，周圍議論紛紛，他們不贊同金龍的行爲，卻也無法伸出援手。

早在他們進入遊戲以前，金龍的勢力就已經在第一層紮根。

有傳聞說，金龍是最早進入遊戲的第一批玩家，和他同期的玩家早已前往其他層關卡，只有金龍打從一開始就選擇留在第一層，佔據所有金錢與資源，他想做第一層的王。

金龍知道自己的撲克牌階級中等，往上爬也爬不了多久，不如深耕第一層。所以他運用生前三十年的詐騙經歷，憑藉著口條和熟知人心的手段誆騙玩家，一步步累積人脈與財富。

金龍發現，許多人白白握有高階撲克牌，卻不知如何在遊戲中運用和施展，直到透過他的引導和安排，這些階級高的人嘗到了甜頭，從平民百姓徹底翻身，自此對他的話深信不疑，成爲能夠被他使喚的手下。

接著他讓這些手下把所有反抗他的人都變成奴隸，漸漸塑造出一個地下帝國。就連前任副組長都與他十分友好，兩人合謀幹了不少好事。

金龍利用前副組長的職權，更加鞏固自己的勢力，誰都知道他是司馬昭之心，打算利用完前副組長就殺了他，然後順理成章地上位，沒想到，徐斌橫空出世，不知怎麼地開啓地獄商城，搶先一步成爲新的副組長。

後來兩人明爭暗鬥，金龍殺不了徐斌，徐斌也無法撼動他的地位，就這麼僵持到了現在。

換言之，金龍的地位與副組長不相上下，誰能對抗？

耳邊充斥著女人的哭聲，服務生看不下去了，大吼道：「王八蛋！快住手！」

現場頓時鴉雀無聲。

金龍看向服務生，漆黑的眼瞳中沒有絲毫情緒，「區區一個服務生，居然敢這麼對我說話？」

面對金龍幽深的眼神，服務生不知是憤怒還是恐懼而顫抖，竟無法說出完整句子。

這時，林慕緩緩開口：「能問你一件事嗎？」

林慕輕飄飄的嗓音，打斷了僵滯的局面。

「我很好奇，雖然大家都知道你背地裡幹了不少勾當，但這麼多年來你都像陰溝裡的老鼠一樣偷偷藏著，怎麼現在突然不藏了？」

林慕語氣淡然，突如其來地發問，彷彿周遭一切都與他無關。

「你這張臭嘴給老子放尊重一點。」金龍早就看林慕不爽，但礙於賭局還沒結束，現在動手很可能會被說是賭輸了奴隸還輸不起，要殺要剮也要等賭局結束以後。

林慕挖了一口蛋糕，含進嘴裡，「怎麼？你要說『區區一個賤民，居然敢這樣對我說話』？」

金龍冷笑，「不錯，至少有自知之明。」

「嗯，沒有自知之明的是你，連一個賤民都敢這樣對你說話，該檢討的難道不是你？」

「你……！」金龍忍無可忍地站起身，手下見狀準備向林慕動手，林慕忽然高舉蛋糕叉，狠狠地戳進自己的手臂！

金龍一時震愕，手下們也驚得忘了動作，在場不少人發出驚呼。

「哈哈哈……你們的表情眞是精彩！」林慕開懷大笑。

進入賭場以來，林慕始終維持冷淡的神色，只有偶爾露出嘲諷的譏笑，但此刻手臂插著叉子，他卻發自內心地大笑，令人毛骨悚然。

林慕抬眸，眼神竟比金龍更加幽深，且深不可測，「威脅對我不管用，我不怕死，也沒有可以被威脅的東西，所以，你最好不要惹我。」

金龍回過神，充滿恨意的目光怒視向林慕。

如這該死的賤民所說，怕就怕不要命的，自己根本無法預料他會做出什麼舉動，因此不能掉以輕心，不得不把這樣的貨色當成一個「對手」來看待。

「哼！告訴你也無妨。」金龍重重坐回椅子上，指骨敲了敲手機，「所有人都給我聽好了！趁這個機會宣布——系統已經通知了，三天後，我將成爲新一任的副組長。」

此話一出，眾人譁然。

金龍滿意地注視著眾人錯愕的表情，陰鷙的視線掃向全場，最後停留在林慕身上，「等我上任，現在所有被當作非法的行爲，都將成爲正道，因爲我就是法律。」

副組長之所以令人生畏，不只是因爲能力會被大幅提升，更是因爲他擁有掌管第一層的權力，甚至可以制定法律，這是系統給予的權限，所有人都必須遵從——如果金龍成爲副組長，第一層將會成爲何等人間煉獄？

正當所有人都在爲未來感到憂慮不安時，林慕卻想到了李眞。

林慕無意識地轉著手裡的籌碼，彷彿在轉動魔術方塊般，思索著：如果副組長的地位這麼大，李眞爲什麼能控制副組長？那傢伙到底是什麼人……

「大哥，你快把叉子拔出來啊！」服務生摸著林慕的手臂，簡直都要急哭了，「就算你要證明自己，也不用眞的戳下去吧！」

林慕瞟了眼手臂，輕鬆地一把抽出叉子，「沒事，我的左手是義肢。」

金龍聞言一愣，周圍的人也全都傻了。

金龍後知後覺地察覺到自己被愚弄了，氣得七竅生煙，「籌碼，快給我換籌碼！」他要繼續賭，他的籌碼永無止盡，而這個賤民與他不同，賭博總有輸的時候，等他輸得精光，賭局結束後再殺了他！

林慕斜眼看向金龍拍打的身分牌，還有後面那群面色痛苦不堪的女人，漫不經心地道：「口口聲聲說自己第二名，靠的不過是這種手段。」

「你同情她們？」金龍哼笑，忽然拾起桌上的餐刀刺入身分牌！頓時血光噴濺，尖叫聲四起，其中一個正被圍事帶走的女人痛苦地捂住臉，鮮血不斷從她指縫間流出。

金龍的笑容逐漸擴大，「你越同情她們，我越要這麼做，看你不痛快，我就痛快了。」

「你認爲我會在乎這些人？」林慕拿起桌上的茶杯，奮力砸向女人臉面，女人頭往後一仰，暈了過去。

在場所有人又驚呆了，一時分不清誰更加惡劣。

他們心想，這個林慕樣貌絕佳、手段高明，不像金龍一臉就非善類，但他時不時的驚人之舉又比金龍更像個瘋子，誰也摸不清他究竟在想什麼。

保鑣見女人昏厥，怎麼叫也叫不醒，無法讓她自願兌換籌碼，只好轉爲拖走其他人。

林慕沉下臉色。

他不可能救下所有人，而且，他比誰都更清楚，短暫的救贖無法拯救她們的一生，她們依舊是金龍的奴隸，未來只會面臨更加悲慘的處境。

金龍換回了籌碼，得意洋洋地繼續賭局。

林慕冷眼注視金龍一會，看向自己桌面上的牌，是數字10，再掀開底牌——是A，既能代表1點，也能代表11點，所以，總計是21點。

這一局他又要贏了。

荷官問道：「兩位貴賓要加牌嗎？」

金龍蓋著一張底牌，另一張亮著的牌是A，他再度喊了加牌，得到的牌是數字9。金龍拍桌，嘖了一聲，「他媽的，差一點！」

從金龍的語氣可以推斷，下一次他肯定會再加牌，而結局很可能又會再次爆牌，剛才用奴隸換來的籌碼將會全數賠光。

荷官見林慕沒有回答，又問了一次：「您要加牌嗎？」

金龍敲了敲桌子，「要加不加？快點！我還要繼續賭！」

林慕握著底牌，悶不吭聲。

這局他如果贏，那些女人就會死。

他清楚知道一時的救贖毫無用處，她們只能靠自己，隨意同情他人是最噁心的東西，但爲什麼……他下不了手？

林慕看著女人們空洞的眼神，想起自己曾在路邊看過的那幾具骨瘦如柴的屍體，以及被警察嫌棄時面如槁木的自己——或許，人之所以會絕望，就是因爲心底仍存有一絲該死的、無法消滅的、愚蠢無知的，幻想被人拯救的可能。

林慕斂下眼眸，握緊手裡的五千萬籌碼，緊得顫抖，「……加牌。」

荷官頓了下，在林慕面前放下一張牌。

無論是哪張牌，林慕都註定爆了。

第八局結束，雙方攤牌，金龍看見林慕明明已經21點卻還加了牌，咧開嘴笑了。

他最擅長抓人弱點，並利用到死，還說沒有弱點？他找到了。

11 一場死局

第九局開始，林慕指尖翻動著籌碼，想著怎麼治金龍。

荷官發了牌，金龍檯面上的牌是數字2，底牌不知爲何。

金龍抬手命令手下，「把我的籌碼拿來！」

沒多久，排行榜上金龍的位置不斷攀升，原本落後的排名瞬間又回到了第二名，接著，他的手下們將一群人帶了進來——

全都是些年紀不到十歲的孩子，甚至還有嬰兒，他們一臉惶恐、害怕，環視著陌生的環境，絲毫不明白自己身上將要發生什麼事。

手下把他們的身分牌交給金龍，只見金龍手邊的牌堆積如山，全都是用那些奴隸的命疊出來的。

金龍好整以暇地喝酒，雙眼緊盯著林慕，笑道：「不是有句話說，孩子是國家未來的棟梁嗎？難怪這麼値錢。」

林慕翻動籌碼的動作戛然而止，群眾們看金龍的眼神從原本的嫌惡變成不可置信，就連向來訓練有素、謹言愼行的其他荷官也忍不住別過頭，可見金龍的行爲多麼令人髮指。

唯有林慕這桌的荷官不爲所動，發好了牌，笑容彷彿刻在臉上似地，依舊十分熱情，「第九局開始，請兩位貴賓下注哦！」

金龍故作思考，雙眸直視林慕，似是隨意地說：「哎，眞不知道該下多少！那就……三十九億五千萬，你覺得如何呢？」

——三十九億五千萬，正是林慕如今標示在排行榜上的持有籌碼，分毫不差。

只要第九局輸了，林慕就會徹底破產。

金龍露出金牙，叩了叩桌面，「之前贏得很爽吧？看清楚了嗎？你跟我根本沒得比，我想讓你贏就贏，想讓你輸就輸！」

金龍的財產取之不盡，他永遠不會輸，而林慕只能憑著有限的財產與他對抗，只要輸任何一局，林慕就會傾家蕩產。

林慕心想，他眞心痛恨賭博，贏來不費力氣，輸卻也是轉眼之間。

荷官對林慕道：「請貴賓下注。」

林慕看向一旁的孩子們，心想：怪只能怪他們和自己一樣，生錯了地方。

他的視線回歸桌面，亮著的牌是數字10，掀開底牌——竟然又是A。

他再次拿到21點。

林慕掩著嘴，笑得肩膀抖動，周圍的人都以爲他瘋了，在這種情況下居然還笑得出來，趕緊離得老遠。

如果神明眞的存在，這是註定要讓他贏嗎？眞是惡趣味。

林慕推出籌碼，「五千萬。」

金龍挑眉，一時拿不準林慕的牌是好是壞。如果是好牌，應該多下點，如果是壞牌，爲什麼要笑？

金龍敲桌子讓荷官加牌，又下注一千萬。

同時，他彈了彈手邊的身分牌。

「呃、呃啊啊！」孩子趴在地上抽搐，疼得蜷成一團，哇哇大哭，「嗚、嗚嗚嗚……好痛、好痛……」

有賭客看不下去，忍不住出言道：「金大佬……」

金龍晃著酒杯，對於孩子的哭喊充耳不聞，「你想代替他們？可以，我不介意奴隸的年紀，反正都是垃圾。」

賭客頓時退縮了。他們都知道金龍並不是開玩笑，他想要誰成爲奴隸都可以，據說他的手下有好幾個都是等級七以上的高手，想強逼別人做奴隸，易如反掌。

金龍抬起酒杯，故意向林慕做出碰杯的動作，語氣幸災樂禍，明知故問道：「恭喜，牌不錯吧？快下注啊，怎麼不下注？」

林慕沒有回應，只說：「你著急了。」

「啊？」

「你怕我拿到一手好牌，又贏你一局，要是第十局再贏你，我就是贏家了……輸給一個『賤民』，很丟臉不是嗎？」林慕也抬起酒杯，微笑回敬，接著反手就把酒潑到一旁的地毯，「不過，像你這種卑鄙無恥的臉，不要也罷。」

被說中心聲的金龍震怒，兩手扣住桌沿想翻桌，沒想到桌子死死黏在地板上，氣得他狠狠踹向桌腳。

「你這個王八蛋！居然敢羞辱我？你、你算什麼東西！」

林慕神色自若，看著被氣到喘不過氣的金龍，心想把對方氣死或許是個不錯的主意。耳邊是金龍的咒罵和小孩嚎啕不休的哭聲，林慕想起了那條髒兮兮的街道。

他幾乎忘了，很久以前曾經有一件事，久到他以爲自己已經忘了——

那年他還不太會說話，老魏帶著他乞討，弱小的兒童總能引起更多的同情，他們因此得到不少金錢援助和口糧，卻也造成同街街友不滿，因爲他們幾乎奪走了所有憐憫與目光。

某天，其中一個男人和老魏發生爭執，老魏被打得滿臉是血，丟下他跑了，而他被男人踩斷了手指，只能嚎啕大哭，男人卻沒有放過他，不停地踹他，要他閉嘴。

他以爲自己會死，所幸那時正好有個路人經過，揚言要報警，把男人趕走。

他不記得那個路人長什麼樣子，甚至連是男是女都忘了，只記得路人給了他一大筆錢，還要叫人帶他去育幼院。

可當時他拿著錢就逃了，他不想去其他地方，他只想待在那裡。雖然不願承認，但不得不說，他還是不想失去自己有記憶以來唯一認識的人們，即使那些人再爛都一樣，否則他就眞的成爲孤單一人了。

錢他藏了起來，爲了避免被搶走，還分散藏在各處，這筆錢幫助他度過了那段艱難的時期。

當時他還太小，後來是老魏提及，他才想起有這回事。老魏時常到處抱怨又忍不住炫耀：「這臭小子小時候啊，話都還不太會說就知道陰老子！不知道從哪搞來一大筆錢，死也不告訴老子藏在哪，只叫老子餵他吃的，然後每次都給老子一點錢。呸！還當發你大爺薪水呢？到底是哪學來的鬼點子……肯定是受老子的影響，哈哈！這就是老子帶大的聰明蛋！」

林慕回過神。

如果不是那個路人，或者如果不是老魏，他可能已經死了，下場不是被踩死就是餓死。

哈，如果不是眼前這些小鬼，他都忘了自己也有只會哇哇大哭、靠施捨度日的時候……弱小又無能。

林慕冷冷注視著檯面上的牌，把玩著籌碼。

荷官提醒林慕：「加牌嗎？」

林慕沒說話。

荷官忽然道：「你不加牌的話，他們就會死哦。」

林慕抬頭看向荷官。

從來不被允許評價顧客，更被嚴格禁止左右賭局的荷官，竟然開口了。

荷官笑瞇起眼，唇邊的微笑彷彿經過精心測量般，恰到好處，「我的意思是，希望你不要加牌，浪費了一手好牌。」

林慕皺眉，停下翻轉籌碼的指尖。

這傢伙有病？而且，他知道自己的牌？是猜的，還是動了手腳？

金龍登時起身，怒指荷官，「你居然敢插手賭局？」

荷官兩手撐在賭桌上，悠閒自在的模樣宛如他才是賭客，黑色的眼眸瞥向金龍時，金龍瞬間被釘在原地無法動彈。或許只是錯覺，他在荷官那雙漆黑的瞳孔裡看見一抹金色。

荷官笑道：「那你又怎麼敢打斷我的話？」

金龍的頭殼像被打了一頓，腦袋沉重、思緒混亂，還沒站穩，周圍的賭客竟跟著鼓譟起來：「是啊、是啊！話都你在說！輸了就滾下台！」

「插手又怎麼了？只有你能管其他人的事？」

「卑鄙無恥下流！」

金龍憤怒至極，怒吼道：「閉嘴！統統給我閉嘴！你們不要命了嗎？等我成爲副組長就把你們統統給殺了！」

群眾卻彷彿忘記膽怯，金龍施加的威壓不復存在，他們不停斥罵，很快使金龍的聲音淹沒在人海中，直到手下們把那些人都架開，賭場才稍微平靜下來，但仍有不少人在外圍喊著：「打敗他！打敗他！打敗他！」

這番吵鬧下來，金龍身後的孩子們非但沒有安心，反而更加害怕了。

大人們的吼叫令他們不安與恐懼，他們不明白現況，只是彼此緊抱在一起，縮在地上，緊緊閉著眼睛，希望騷動快點平息。

自始至終沒有發言的林慕看向荷官，終於開口：「你管太多了，加牌。」

觀眾們發出失望的吼聲，林慕和荷官的對話已經足以讓人聯想，林慕如果加了牌，很可能會輸。他們希望林慕打倒惡勢力，不要讓小人獲勝。

荷官撥弄著撲克牌，面色不改，笑著問：「爲什麼？你會破產，而且會成爲奴隸。」

「我想做什麼，你管不著。」林慕淡淡說。

「果然，所有人都不了解你，這裡的人心太過醜陋，才能顯露你的善良。」荷官感嘆。

林慕這輩子第一次聽見有人說他善良，渾身起雞皮疙瘩，握著甜點刀起身，「閉嘴。」

荷官垂眸看著瞬間抵在自己頸邊的小刀，彷彿只要再多嘴一句，就會被刺穿喉嚨。他笑了，忽然握住刀柄，連同林慕的手緊握在掌中。

林慕雙眸一瞠，想收手，卻怎樣也抽不開，反而變成他被對方箝制。

荷官力氣大得驚人，簡直像要把指骨捏碎，表面上依舊仍談笑風生，「害羞了？不習慣聽這些的話，那以後我每天都說一遍——你眞善良、你眞可愛、你是最完美的、我愛你……」

「閉嘴，李眞！」林慕忍無可忍地吼道。

「哦？這麼快就認出我了，看來是想我了。」荷官湊近林慕雙眼，像在欣賞一顆五彩斑斕的玻璃珠。林慕遍體生寒，轉開腦袋，「像你這種瘋子，誰認不出來？滾開！」

先不提那些荷官不該有的踰矩作爲過於明顯，李眞能操控荷官並不意外。

李眞既然都能操控副組長，那麼想操控荷官肯定更輕而易舉，只是……

「在假扮成荷官的時候，你很『正常』，難道之前那些瘋子般的行爲都是演戲？」

之前明明動不動就要挖人眼球，心情不好就想剝人皮，用天眞語氣說出的話十句有九句充滿惡意，像個討不到糖吃的孩子。但現在的李眞明顯沉穩許多，雖然依舊是個瘋子，言行舉止卻十分理智，且城府極深。

雖然殺人魔也不會時時刻刻表現出瘋癲的本性，但他總覺得李眞前後作風差異太大，說是雙重人格也不對勁，因爲李眞的兩種面向切換毫無違和，雙重人格通常是彼此獨立的個體，有著各自對外貌、年齡與記憶的認知，但李眞前後明顯是同一個人。

李眞偏頭思索，嘟起嘴，從動作倒是看出了之前那個瘋子的影子，「我是瘋了沒錯，偶爾才能清醒。奇妙的是，遇見你之後，我清醒的時間越來越長了。」

林慕不理解李眞的意思，只確定了對方是神經病。

另外，林慕注意到周圍的人對於他們的對話毫無反應，金龍仍在喝酒，看都沒看他們一眼，明明他們沒有壓低音量，卻沒人聽見，就像那時在賭場外被錢幣組的成員找碴時，他們忽略了李眞的存在一樣。

八成又是李眞動的手腳。

林慕問：「你爲什麼突然曝光身分？」

他不在乎李眞爲什麼假扮荷官，他只在乎對方的目的。明明前面藏得好好的，爲什麼突然阻止他加牌？

李眞笑得坦然，「那還用說？當然是捨不得你做別人的奴隸……」

林慕彷彿聽見了他沒說出口的後半句——要做只能做我的奴隸。

林慕冷笑一聲，「不只如此，還有其他原因吧？我想想……跟金龍和副組長的恩怨有關？你想治金龍？」

他知道李眞對自己感興趣，但這瘋子絕不是會因一時衝動而「英雄救美」的白馬王子，否則那時錢幣組成員爲難自己時，李眞不會最後才出手。

李眞和系統有過接觸，林慕懷疑是系統讓他管理群組，或許他就是第十層的副組長？一是因爲李眞擁有操控錢幣組副組長的能力，能力在他之上。二是因爲李眞處理錢幣組成員的方式。那時李眞把他們的皮都扒了，大可直接動私刑解決他們，但卻中途收手，以「錢幣組副組長」的身分來管理。

可以見得，李眞並非眞如傳言那般胡作非爲、唯恐天下不亂，相反地，他似乎有意維護第一層的秩序。

現在金龍如此囂張，連副組長都不放在眼裡，李眞不會放過他。

李眞笑彎了眼眸，笑容如此親切，卻像在打什麼壞主意，「慕慕，我喜歡你這麼聰明。」

「怎麼，想收藏我的腦袋？」

「哈，你眞了解我，那給我嗎？」

「閉嘴，繼續賭局，不要插手，我不需要你的幫助。」

雙方你來我往，互不相讓，兩人對視，直到李眞從林慕眼中讀出點意思，遂而搖頭失笑，「好吧，就讓我看看你會怎麼做。」

李眞發下牌，當牌放上賭桌的那一刻，眾人驀然回神，視線全集中在賭桌上，毫無察覺剛才的異樣。

檯面上，林慕的牌爆了，輸了，第九局結束。

排行榜再次刷新，原先高居第四名的林慕瞬間跌落谷底，贏來的籌碼全前功盡棄，直接扣至負數，掉到最後一名。

金龍見林慕再無翻身的籌碼，不僅落到最後一名、還負債，不禁捧腹大笑，「哈哈哈！憑你也想跟我鬥？早說了，你這賤民贏不了我，從今天起，你就是我的奴隸！」

金龍心中勾勒出美好的藍圖，想著他該如何折磨、肢解這個自以爲高人一等的奴隸。

「有件事你一直說錯了。」林慕扔開手裡最後一枚籌碼，比起被奪走，更像他自己不想要，「是我想讓你輸，你就會輸，我想讓你贏，你才會贏。」

被自己說過的話反堵，金龍得意的笑聲哽在喉嚨。這句話簡直像在說，他的勝利，是因爲林慕的施捨。

爲什麼這賤民明明輸了，還是這樣高高在上？明明已經掌握了他的弱點、拿到了他的命，卻有種永遠無法把他變成奴隸的錯覺……

金龍甩開念頭，橫眉怒視，抬手吆喝手下，「把他給我拖下去！」

一旁的圍觀者沒料到會是這種結局，他們赫然從夢中清醒，既惶恐又有一絲悔恨。他們剛才在幹什麼？怎麼會腦袋突然不清楚，敢向金龍叫囂？金龍會不會報復他們？他們怎麼會相信一個數字二的新人可能會贏……

「等等！第十局、第十局還沒結束！」一道氣喘吁吁的嗓音從遠處傳來，來者衝到林慕面前，將大把籌碼撒在桌面，黑紅色的錢幣頓時鋪滿賭桌。

服務生跑得很急，喘得上氣不接下氣，語氣卻很堅決，「這是我換的籌碼，你拿去用吧！我們不能對這種人渣認輸，我絕不會讓你成爲他的奴隸！」

林慕狐疑地望著服務生，眼神中透出的意味很明顯：你有這麼多錢？

服務生撓了撓臉頰，苦笑道：「哈哈，我全部的身家就這些了。我的撲克牌等級不高，又沒什麼長處，當初考上警察只不過是因爲比別人會念書，所以……值錢的只剩下腦袋。」

他賭上自己的大腦，換來八千萬的籌碼——換言之，如果這一場輸了，他也會沒命。

「我……我相信你能贏過金龍，也能保住那些無辜的孩子，所以決定和你同進退。」服務生抹去額前的冷汗，握緊發抖的手指，笑著說：「不是每個警察都一樣吧？也是有人有理想和抱負的。」

林慕頓住，臉上罕見地出現一絲錯愕，不過很快便恢復鎮定，開口道：「是，沒遇過你這麼蠢的，明明是臥底，還開口閉口把自己的身分掛在嘴邊，這種腦袋竟然值這麼多錢？」

服務生：「……」

林慕心想：不過這個腦袋能察覺系統的不對勁，沒有跟其他人一樣受到控制，還算有點用處。

「還有，誰說我輸了？我還有一條命。」

「……咦？」

「我用自己的命當籌碼就行了，要你的命做什麼？難道你比我值錢？」

服務生還眞說不上話，畢竟大哥光臉就是天價。

「所以大哥你、你本來就沒打算放棄第十局？」

「嗯。」

「難道我是白換了？」

「嗯。」

服務生哭喪著臉，林慕抬手伸向服務生的頭，服務生以爲要被打了，趕緊抱頭閉上眼，沒想到林慕只是將掌心放在他的頭頂，拍了拍他的腦袋。

「你的腦袋也就値這些？這點小錢，我守得住。」

服務生眼泛淚光，目光充滿仰慕與感激，覺得大哥眞帥，自己都要被掰彎了。

突然，一支純銀的牌尺橫入兩人之間，「啪」一聲打在賭桌上，「第十局開始。」荷官彬彬有禮地笑著，笑容裡挑不出一絲破綻，手裡的銀尺卻斷成兩半。

「斷、斷了……」服務生瑟瑟發抖，林慕叫他走開。他離開賭桌時，發現荷官始終笑笑地盯著他的顱頂，像是要刨下他的頭皮，直教他背脊發涼。

第十局開始，金龍的臉色相當不好看。

金龍心想，他剛才的確抓住了這個賤民的弱點，而賤民也確實輸了，再來第十局也改變不了什麼，但為何他總有不好的預感？他堂堂金龍，居然擔心一個賤民會贏？簡直笑話！

這次他絕對要讓這個賤民永無翻身之日！

金龍大聲喊道：「我這局要下六十億！」

此話一出，全場倒抽一口氣。六十億突破了賭場歷年來單局最高下注金額，這麼一大筆籌碼，又要犧牲多少奴隸？

他們的視線轉向林慕。

六十億，是即使高階玩家賠上自己的命都換不來的天文數字，這個只有數字二的新人究竟該怎麼辦？

12 風雲變色

金龍用大拇指撥開底牌，底牌是A，亮著的牌是7，總計18點。他嘖了一聲，今晚的牌運不怎麼樣。

金龍狀似無意地看向林慕身後，其中一名圍觀男人用五指摸了摸鼻子——事實上，這個男人是他老早安排好的眼線。金龍立刻會意，林慕的底牌是8，檯面上的牌是9，總計17點。

金龍心想，哈，他的牌也沒好到哪去！

而且相比之下，金龍的牌還有不少加牌空間，畢竟A也能看作1點，所以他現在有8點或者18點兩種牌組，不管怎麼加牌都不可能會爆。

但林慕不同，如果不加牌就會輸，加牌了又很有可能會爆，目前金龍的贏面很大。

金龍摩挲著戒指，露出了笑容，「十億，加牌！」

不知情的群眾想著金龍會不會又被自己盲目地加牌所害，卻沒想到，荷官放上牌——是數字3。

金龍的牌是21點。

金龍仰天大笑，「等了一個晚上！等了一個晚上啊，哈哈哈！」

見金龍欣喜若狂，尚不知他底牌的群眾頓時憂心忡忡，想著該不會眞的讓他在最後一局拿到21點？老天無眼！

這時荷官……或者該說李眞，問：「這位貴賓要加牌嗎？」

林慕搖頭，口吻冷漠得像是陌生人，「勝負已定。」

部分人覺得事有蹊蹺，這個數字二聽起來頗有自信啊，難道還有翻盤的可能？

李眞莞爾，「那就開牌吧。」

兩人的牌全數攤開，金龍總共21點。

而林慕，果眞只有17點。

毫無懸念，金龍大獲全勝。

金龍得意得幾乎要從椅上跳起來，猛地拍了下桌，指著林慕喊道：「奴隸！你還有什麼話要說！」

林慕不緊不慢地伸出指尖，按了舉報鈴，「嗶——嗶——」整個賭場響起刺耳的警報音，把所有人都震傻了。

有人出老千？誰？在哪裡？

金龍後知後覺地意識到林慕是在舉報自己，瞳孔一震，接著怒極反笑道：「你懷疑老子出老千？哈！垂死掙扎是吧？好啊，來舉證啊！」

金龍根本不怕，一來他確實不是靠出千，二來他安插在林慕身後的眼線只是「摸了摸鼻子」，就算被抓出來也證明不了什麼。

只要對方無法證明，即是誣告。

如果被判定出千或者誣告，會立即失去賭客資格，今晚所有輸贏都不作數，該局會自動判定對家勝利，還須賠償五十億違規金。而且因爲喪失賭客資格，不得再與賭場交易，所以這筆違規金不能使用任何物品抵押，拿不出就是死路一條。

金龍暗中嘲笑，整整五十億的違規金，這個賤民簡直太蠢，乖乖認輸可能還死得比較好看，這麼做只會害自己死無葬身之地。

全場肅靜，所有人緊張地看著林慕究竟要如何出招，只見林慕修長的手指滑開金龍的牌組，指著那張底牌A，說道：「A早就發完了，你哪來的A呢？」

金龍愣住。

李眞攤開發過的牌堆，很快翻出十六張A，臉上表情是作秀般的驚訝，語氣猶如遊樂園打工的大哥哥那樣歡樂：「眞的呢！新天堂的二十一點慣例使用四副牌，A已經發完了呢。」

「不可能、絕對不可能！我沒有出老千！我明明有……有記牌！」金龍臉色漲紅如豬肝，激動地一把將檯面上的牌全都掃落在地，卻無法改變他「出千」的事實。

服務生和所有人一樣沉浸在報仇的快意中，認爲金龍只是在狡辯。直到他不經意注意到林慕的口袋有一塊長方形的痕跡——他霎時回想起不久前，林慕問了他一句話：「你身上有整副撲克牌嗎？」

服務生連忙摸身上，發現撲克牌不知何時不見了。

線索串連在一起，他赫然明白，大哥打從一開始就在布局，從來就沒有輸的打算。

原本林慕應該可以把備用的牌拿來運用在自己的牌組上，這樣一來每局都是21點不成問題，但爲了不讓金龍的奴隸送死，他沒有這麼做。

最後在一步步操作之下，林慕不僅獲得勝利，還解救了金龍的奴隸。

大哥眞的太厲害了……服務生對林慕佩服得五體投地，看著怒髮衝冠的金龍，甚至還有一絲絲同情。

金龍並非傻子，自然知道牌不對勁肯定是有人做了手腳。他指著林慕鼻子罵道：「你、你你這混蛋！你陷害我！是你動的手腳！」

「陷害？」林慕一雙黑眸好整以暇地看著金龍，「如果你覺得被陷害，爲何還要加牌？」

如果金龍早發現底牌有問題，一開始就提出質疑，或許還有轉圜餘地，但他沒有，甚至還加了牌，所以根本無法證明自己沒有「出千」。

金龍知道中了圈套，結巴了半天卻依舊無法解釋，事實擺在眼前，跳到黃河也洗不清。

林慕最終完全翻盤，贏得了對方籌碼與鉅額獎金。排行榜再次刷新，原本最後一名的林慕以火箭般的速度向上飛躍，晉升幅度一次又一次打破賭場紀錄——第三名……第二名……最終落在第一名的位子。

區區一個數字二，用倒數的本錢爬到最高的位子，持有籌碼來到了一百零五億，整整翻了將近一百倍。

眾人抬頭仰望榜單，出乎意料地沒有一個人感到意外，甚至內心還產生一種「啊，果然是他」的感慨，一個數字二的新人超越了副組長，他們竟然覺得正常。

「大哥，你眞的太厲害了！居然眞的做到了！是第一名、第一名啊！」服務生興奮得像是自己得了狀元。

林慕微笑，態度落落大方，把籌碼還給服務生。

服務生一拿到籌碼，霎時腿軟，這才感到害怕，「嗚嗚嗚……嚇死我了，我從來不覺得自己的腦袋有這麼重要過！」

「嗯，我也覺得。」

「您好像不是在安慰我……」

服務生已習慣了林慕的冷嘲熱諷，很快重振精神，「大哥，你早就有自己的打算對嗎？其實你根本不需要我的幫助。唉，你說的對，我老是在做多餘的事。」

林慕瞟了他一眼，語氣不冷不熱，「至少你改變了一個人的看法，也不算多此一舉。」

服務生茫然地眨了眨眼，「誰啊？」

林慕雲淡風輕地說：「我。」

服務生一愣，笑逐顏開。

「放開老子！你們誰敢抓老子？」金龍不願就範，在賭桌旁大吼大叫，幾名保鑣想把他逐出賭場，全被他的手下阻攔，雙方衝突一觸即發。

「你們敢抓我？等我當上副組長，你們統統都……」

金龍話還沒說完，周圍空氣忽然變得稀薄，炙熱的蒸氣遏止了他的吼叫，待霧氣散去，成批西裝保鑣已團團包圍金龍和他的手下們，彷彿黑色烏鴉凝視著即將遭逢厄運的人。

副組長從黑壓壓的人群中走出來，臉上毫無表情，金龍繃緊神色，儘管與徐斌多年角力未落下風，但面對對方時，他仍不敢鬆懈。

徐斌開口：「我來就結束了？繼續賭。」

全場都愣了。

徐斌更加明確地注視著金龍，直截了當地說：「我同意你繼續賭。對了，須要我借你籌碼？」

賭場明文規定，若是出千被抓，將被取消賭客資格——直到副組長允許解禁。

但誰也沒料到，副組長竟會突然出現，還立刻解除金龍的禁令，甚至主動提出借他籌碼？

不只眾人不敢置信，連金龍自己都不相信，他和徐斌鬥得你死我活，對方怎會出手「相助」？這傢伙想幹什麼？

在場唯有林慕的心思和所有人不同，比起驚訝，更多的是懷疑。

那個唯恐天下不亂的傢伙又操控了副組長？

如果副組長依舊受到李眞控制，那麼會這麼做毫不意外，畢竟李眞的種種行爲只能用一句話來形容：「我要看到血流成河。」

林慕看向荷官，荷官笑咪咪地朝他揮手，還兩指併攏放在唇邊，送上一記飛吻。

林慕面無表情。不用懷疑，李眞還操控著荷官，所以眼前這個是眞正的副組長？

徐斌脫下外套，坐到賭桌前，顯然要加入戰局。

一旁不知何時冒出來的賭場經理笑臉吟吟地接過外套，擺手示意原本的荷官下來，立刻換上另一名長相標緻的女性荷官。

林慕不由得覺得好笑，副組長下場居然連荷官都要精心挑選，不過恐怕是白費心思了，他們知道不管換上誰都可能會被李眞「附身」嗎？

想到女荷官被李眞控制著，表面溫柔優雅、實則嬉鬧瘋魔的模樣，林慕忍不住呵了一聲。

「大哥！你還笑得出來啊？別賭了，是副、副副組長啊！我們快走吧！」服務生滿額冷汗，使勁壓低音量。打從副組長出現後，他便整個縮在林慕身後，儘可能遮擋住自己的臉，像是深怕被對方發現。

林慕看他怕成這樣，笑問：「你不是說有點交情？」

服務生心虛地說：「呃，是這樣沒錯……其實……嗯……」

林慕見他支支吾吾，心底並不關心，因此也沒繼續問，只是坐回了賭桌。

「大哥！你不會眞的想跟副組長賭吧！而、而且金龍絕對不會放過你的！」

所謂皇帝不急急死太監，林慕毫不動搖。

金龍毒蛇般陰毒的目光黏著林慕不放，看著時不時露出笑容的林慕，心想：這個賤貨竟然還笑得出來？不只是自己，連徐斌他都不放在眼裡。

金龍眼底纏上了濃濃的恨意，心思很快被復仇的火焰佔據。

他猜想，徐斌這傢伙下桌、甚至還「好心」借他籌碼，有一種可能：徐斌想間接給這個不知天高地厚的賤民一個下馬威。

畢竟他和徐斌是第一層的霸主，雙方多年爭鬥未果，結果竟然被一個賤民橫插進來，不僅讓他傾家蕩產、顏面掃地，還運氣極好地成爲第一，這個賤貨太招搖了。

當然，除了討回面子，還有更深層的目的。副組長這個位子想要坐穩，就必須得到所有人的信服，一旦信仰動搖，地位很有可能瞬間崩塌。今天一個賤民能贏過他，明天就可能有無數個平民妄想上位。

所以，徐斌的目的不只是要給林慕一個下馬威，更多的是向所有人展示自己不可動搖的地位。

這麼一來，雖然出發點不同，他和徐斌的目標仍不謀而合了。

金龍咧開陰沉的笑容，濃濃恨意底下是狂喜。

雖然他不願意向徐斌伸手拿籌碼，不過如果兩人目的相同，他不介意和對方聯手處理掉這個賤貨，三日後，等他成爲副組長了再解決對方。

金龍換上假惺惺的笑臉，「那就勞煩副組長了。」

能贏過他是狗屎運，但他和徐斌聯手，這賤貨註定屍骨無存。

♠♠

接下來，副組長竟眞讓人拿來了不少籌碼，金龍拱手言謝。

林慕盤算著，雖然他現在已成爲第一名，但他很清楚，那是因爲徐斌還沒下場，如果對方開始參與賭局，被超越只是幾秒鐘的事。

林慕可沒打算把贏來的寶座拱手讓人，於是才加入了賭局，至於那個一直用怨毒目光盯著他、被特赦的金龍嘛……無所謂，他能贏對方一次，就能贏第二次。

荷官溫柔的嗓音問：「請問各位貴賓今晚想賭什麼？」視線主要是看著副組長。

副組長面色冷淡，「玩點輕鬆的吧，比大小如何？」

林慕思忖，乍聽之下不過是普通的翻牌比大小，但新天堂賭場的玩法多半和外界不同，即使名稱是熟知的遊戲，但規則千變萬化，甚至連輸贏的算法都不一定相同，只有長年混跡賭場的徐斌和金龍清楚這裡的玩法。

無人反對，賭局正式開始。

荷官照慣例開始說起遊戲規則，果眞如林慕所想，比大小不是簡單的比數字，荷官會直接在桌上洗牌，將所有牌正面朝下地在桌面攤開，接著賭局開始，三秒內每個人自由抽出五張牌，最後比每個人抽到的牌組。

由小至大依序是單張（五張內沒有相同的牌）、一對（五張內有兩張相同的牌）、三條（五張內有三張相同的牌）、順子（五張連續數字的牌）、葫蘆（三張相同的牌，配另外兩張相同的牌）、鐵支（四張相同的牌，配任意一張牌）、同花順（五張相同花色且連續數字的牌），如果有人抽到相同的組合，那麼就是先比數字大小，再比花色。

荷官詳細介紹完規則，便請三位貴賓下注，遊戲無局數限制，直到籌碼用盡。

林慕聽完規則已經明白，這裡的「比大小」是比猜杯子還要快分出勝負的遊戲，開局即下注，贏家可以拿走另外兩家的籌碼，幾秒鐘就可能損失上億，甚至沒有規定一場幾局，只委婉說明：必須玩到其中一人破產爲止。

「大哥、大哥！絕對不行！」服務生衝了出來，寧願冒著面對副組長的風險也想把林慕帶走，「比大小要拚手速啊！這些人的手都跟長眼睛一樣，隨便都能拿一手好牌，不行、絕對不行！我們不賭了……」

「拚手速？」林慕說道：「這輩子我只輸過一次。」

服務生愣了愣，下意識問：「哪次？」

「出生時，沒比醫生更快剪斷臍帶。」林慕微笑著說幹話。

「……啊？誰能自己剪啊？」服務生迷茫。

後來服務生才明白，林慕那句話的意思是在說自己從沒輸過。

開局，由於下注籌碼不得低於五千萬，於是三人各下了五千萬，三方皆在試探。

服務生一臉期盼林慕能再創奇蹟，但事實上，只有林慕自己知道剛才說的話只是安撫。

雖然他在現實中從沒輸過，但這裡是「遊戲」，在系統的各種作弊機制下，對手的能力早已超越人體極限，他很清楚自己處於劣勢，憑手速硬扛不實際，只能靠頭腦。

從徐斌選擇「比大小」這個遊戲就能看出，對方清楚知道他的弱點，才指定了這個讓他毫無餘裕的遊戲——

第一，比大小每局只有三秒便開牌，要動手腳基本上不可能。

第二，論速度和眼力，很難拚過靠系統作弊的「大佬」。

這個徐斌絕對不好對付。

儘管林慕心知肚明，他也只是神色淡淡地丟出籌碼。

不入虎穴焉得虎子，打從他決定爭奪名次開始，就已經視死如歸。

三秒倒數計時開始，林慕眼明手快地抽牌，眼角餘光瞥見數字太小，迅速換牌，不料在他打算換牌時，忽有另一張牌射進他的手裡，原本摸的牌也被打掉，鈴聲響了，三秒結束。

林慕抬頭，見金龍笑得奸猾。

三人攤牌，林慕拿到三張Q，原本的第四張Q被換成了不相干的牌；而金龍拿到的全是單張散牌；副組長則是K鐵支。

林慕蹙眉，籌碼在指尖翻轉。

此時部分群眾渾然不知發生什麼事，三人手速太快，以至於有些人以爲只是瞎摸，還感嘆林慕這次運氣普普。

「可惜啊，我本來挺看好他的！」

「金龍的運氣更糟啊！」

「副組長出手，都沒戲囉！話說這新人的運氣好像真的滿差的，一下子胡大佬，一下子又金龍，現在直接槓上副組長……」

「不管看幾次他的手都好美哦。」

再下一局。

金龍故技重施，肆無忌憚地惡意搗亂，然而這回開牌時，結果卻沒有如他預期——林慕的牌組是漂亮的方塊5至9同花順。

爲什麼？自己分明換了他的牌！

理由當然是林慕技高一籌。

金龍的手速在他眼裡宛如緩速播放的影片，他只一根小指便能掃開金龍試圖搗亂的牌。若在平常，林慕肯定會把握機會嘲笑金龍一番，但此時的他卻笑不出來。

金龍這些小把戲不值得一提，他早有預期，對方並不是想靠比大小翻身，而且根本沒打算還徐斌籌碼，純粹只是想找機會報復。

問題是那個徐斌。

林慕看著徐斌的牌組——方塊10至A同花順，比自己大。

剛才他第一把摸到的牌是方塊9和方塊J，原本打算順勢湊一組方塊9至K的同花順，可在他因爲金龍的搗亂而分神的零點一秒內，他的牌全被徐斌奪走了，甚至手裡的方塊J也不翼而飛。

於是導致現在的局面。

他現在腹背受敵，正面有必須全神貫注抵禦的敵人，背後有死也要把自己拖下水的小人，情況實屬艱難。

另外還有一件無關緊要但詭異的事，他剛才隱約感覺到有人碰了他的手，不曉得是誰。金龍是隔著距離換他的牌，只有徐斌有機會近身，難道是搶牌時不小心碰到？

然而，接連幾局後，林慕臉色漸漸轉黑。

他確定了，徐斌這傢伙就是故意的！

一個拚命想使絆子，他可以視而不見，但另一個老是摸他手，還躲不開，該死！

林慕接連幾次落敗，卻絲毫沒有澆熄觀眾的熱情，大家反而轉移了重點，機械似地鼓掌，不斷驚歎：「你看他的手多美呀！」、「那雙手眞靈活，讓人看了想入非非呢。」

林慕煩都煩死了。

徐斌有意無意的碰觸，說是干擾，卻又帶著逗弄，不好說是出於什麼目的，就像被羽毛撓手背似地，反而惹得林慕更加惱火。

這種厭煩卻又甩不開、強逼他嚥下這口氣的感覺，有種莫名的熟悉感……雖說是不久前才發生的事，又像很久以前就已習以爲常，彷彿他曾經歷過非常、非常多次……次數多到他竟然不再厭惡，更多時候是選擇放任。

不可能有這種事，他向來有仇必報，絕不會放過任何人。

這回，林慕抓準時機，拍開了徐斌的手！

雖然這一閃導致牌拿偏了，不過徐斌也沒討到好果子吃，這局三人都是散牌。

徐斌並未生氣，表情甚至沒有半點起伏，只微微挑起一邊眉。

林慕「喀喀喀」地在桌上敲著籌碼，瞇起眼，惡氣橫生，心中再次生起一股猜疑。

這傢伙是不是李眞？

雖然覬覦他的人一直不少，而副組長也如同傳聞中手段高明，但能讓他毫無辦法的，除了李眞沒有別人。

剛才李眞操控的荷官被趕走了，現在又換成操縱副組長不是沒可能，但他剛才一直在觀察，從沒放過副組長臉部的一絲變化。

當一個人被操控時，表情肯定會有一瞬間的不自然，每個人的臉部肌肉運動習慣和肌肉記憶不同，有些人可能因爲不愛笑，兩頰肌肉較爲緊繃，如果有別人接管了他的身體，一時會不習慣控制這樣緊繃的肌肉，進而產生古怪、歪斜的表情。

但副組長一刻也沒有過。

像他這種不苟言笑的人，被李眞那種愛笑的傢伙附身，臉部肌肉不可能瞬間就控制得當，至少會需要長達幾分鐘適應。

但副組長自始至終和入場時一樣板著張臉，表情從未有過變化，沒有被操控的跡象……

除非李真已附身過無數次、駕輕就熟，不過，堂堂副組長經常被附身，聽起來簡直荒唐。

林慕試探地開口：「副組長也須要爭MVP？地獄商城不是早去過了嗎？」

李真和副組長都去過地獄商城，一個是買了他的臉，一個是要了地位，目標截然不同。

「嗯，膩了。」徐斌簡單兩句話帶過。

「那還爭什麼獎勵？難道有其他想要的東西？」

徐斌抬眼，「你希望我說什麼，『想要你』嗎？」

林慕一頓，倒是沒想過徐斌會這樣問，如果是李真那傢伙，的確很可能會笑嘻嘻地說「想要你呀」，但徐斌這樣回答，反而更讓他捉摸不定。

忽然注意到徐斌的小指動了兩下，林慕脫口而出：「你心情很好？」

「嗯？」徐斌當然還是那張死人臉。

林慕同樣錯愕自己怎會問出這麼古怪的問題，動小指跟心情好有什麼關係？他摸了摸自己的臉，一度懷疑被控制的人其實是自己。

沒人理解林慕的話，但誰都能看出徐斌看向林慕的眼神饒富興致，相當直白。

服務生一聽急了，拊在林慕耳邊說道：「大哥，你要小心，副組長是gay啊！你看看他的表情，好像在說『男人，你引起我的注意了』！」

林慕無語。槽點太多，不知從何說起。

「你連他是gay都知道？」

「呃……我做過調查嘛……哈哈。」

林慕收回目光，明白了對方為何摸自己的手，原來單純是變態。

金龍看著林慕和徐斌一來一往，林慕的發言徹底忽略了他，甚至正眼都沒瞧過他一眼，徐斌也是。

這兩人根本沒把他放在眼裡，彷彿這場賭局是他們之間的遊戲。

金龍手裡的牌捏得縐爛，攥得右手顫抖。

雖然他現在如願讓這個賤民輸了，但每次他射出去的牌都會被擋回來，每一局他都輸得最慘，觀眾的掌聲就像在嘲笑他，贏家總是徐斌。

他不只輸給賤民，還輸給了徐斌！

耳邊是環繞不絕的掌聲，沒有半個人在意他的輸贏，那些笑聲全是諷刺。

夠了、夠了！閉嘴！

金龍在內心怒吼，處在崩潰的邊緣。

緊接著一局又一局。

林慕的手速在一場場高速對抗中突飛猛進，金龍和徐斌了無新意的干擾成了他練習的機會。林慕沒理會面目可憎的金龍，看清了徐斌的動作，打掉對方不長眼的手，同時得到了自己想要的牌組——

但結果卻不如預期。

開牌時，林慕的牌組是方塊10到A的同花順，而徐斌則是紅心10到A，正好比他的花色大一階。

自從開始比大小的賭局後，林慕一局都沒贏過，即使他已經用盡全力。

部分觀眾開始竊竊私語：「運氣用完了吧？」、「說不定之前能贏都是因為好運。」

明明金龍輸得更慘，從頭到尾都是墊底，那些質疑的目光卻只聚焦在林慕身上。

因為他外貌出眾，因為他出風頭，也因為他出身卑微，便彷彿理所應當成為別人的談資。

林慕放下甜點叉，壓抑與煩悶令他食不下嚥。

他不想輸，也不想被任何人指指點點，每當他有失誤，之前的所作所為都會前功盡棄，他們總會用「運氣好」來解釋他的成功。

他總是要一再用實力證明自己，才能讓那些人閉嘴，一刻也不能懈怠。

「他能坐上這張賭桌，憑的就不是運氣。」

誰都沒想過，徐斌會忽然開口。

眾人怔愣，耳語聲驀然停止，沒多久，風向竟然變了，副組長的影響力非同小可，開始有人為他出頭。

「對啊，能和副組長坐在同一張賭桌，怎麼可能是運氣？」

「就是說啊，只會說風涼話，你們看看，你們有多少人能辦到？」

林慕的目光始終停留在徐斌身上。

這傢伙剛才是在幫自己說話？

這人先是給金龍籌碼對付自己，回頭又幫他說話，這人……有病吧？總歸不可能是樂善好施，想普渡眾生。

林慕的視線回到賭桌上的撲克牌，他不需要敵人的憐憫，他只想贏。

但這幾局下來，他發現一件事。

徐斌的牌組總是和他十分類似，而且總是「剛好」比他高一階。

林慕想起，副組長的特殊技能是讀心。

雖然難以想像，但難不成，這傢伙每次都是在得知他打算湊什麼牌的瞬間，才刻意挑選比自己高上一階的牌，而且還有餘裕摸他的手？

林慕面沉如水，心知如果眞是如此，那麼顯然他和徐斌的實力太過懸殊，他……很可能會輸。

掌心傳來刺痛，林慕驀然回神，才發現拳頭握得太緊，指甲掐進肉裡，滲出了血。疼痛很快使他清醒。

說不消沉是騙人的，但消沉才是眞正輸了，與其怨天尤人，不如戰到最後，因爲世界上沒有奇蹟，只有他才能爲自己帶來勝利。

林慕收起心緒，重整臉色，戴上了笑容的面具，「副組長，跟你賭眞沒意思。」

這句話，讓所有目光再次聚集到林慕身上。

這個從頭輸到尾的數字二……竟然對副組長這麼說？

林慕扔掉手裡的籌碼，兩手一攤，「你看，賭了半天，我還是第一名哦？」

眾人仰頭看排行榜，林慕確實依舊名列第一。

「是啊，怎麼會這樣？不是一直都是副組長贏嗎？」

「啊！你們忘了嗎？金龍的籌碼是副組長付的啊！金龍一局都沒贏過還敢和副組長合夥，林慕又一直以最低金額下注，副組長不知道要玩幾局才能搶回第一名的寶座喲。」

眾人對著金龍指指點點，一下子所有質疑和輕視全都轉移到了金龍身上。

林慕因忌憚副組長，因此下注時總是謹慎，反之金龍因爲有副組長提供資金，不知不覺越玩越大手大腳，妄圖一局翻身，導致負債急遽增加。

金龍頓時面紅耳赤，無地自容，原先處在爆炸邊緣的情緒累積到了頂點，一時之間頭昏眼花，差點氣暈。

媽的！這個賤民絕對是故意的！表面上說副組長，其實是在諷刺他！他居然敢瞧不起老子？

金龍無法嚥下這口氣，他目光變了，開始認眞應對，不再直盯著林慕手上的牌，而是桌面上的牌堆。

林慕暗中冷笑，他的目的達成了，若想贏，首先得解決閒雜人等，才能專注對抗徐斌。

不過……有件事不對勁。

林慕沉下臉色。

顯而易見地，自己和那混蛋都不是徐斌的對手，林慕知道自己再輸下去，即使目前擁有的籌碼仍遠高於徐斌，賭到最後，肯定還是對方獲勝，但他不明白的是，對方明明能一次下注一百億，贏得盆滿缽滿，讓他們傾家蕩產，但他卻和自己一樣，每次都只下注五千萬，就像是在刻意拖延時間……爲什麼？

林慕無從得知徐斌的目的，但他不會放過這個機會，只要賭局還沒結束，就不一定會輸！

林慕目光一凝，雖然不願出這招，但為了贏，他什麼都能做。

下一局，林慕忽然一改先前的謹慎，大膽地喊了「十億」，金龍登時面色複雜，擔心林慕又想要詐。徐斌則依舊不受動搖，彷彿這場賭局與自己無關。

金龍為了和林慕叫囂，跟著喊了「十一億」，而徐斌依舊維持五千萬，置身事外。

荷官宣布開始，三人同時動了，但這次誰也沒料到林慕會光明正大狠狠按住徐斌的右手。

「想摸？讓你摸個夠。」

徐斌幾不可見地停頓，就是這一瞬間，讓林慕掌握了先機。

林慕迅速奪走自己想要的牌，完美的黑桃10至A同花順，這是所有牌組中最大的組合。

徐斌的牌組居下位，而金龍更糟，只湊了一副鐵支。

這局是林慕贏了。

如此一來，只剩下金龍是徹底的輸家。

眾人紛紛鼓掌。

金龍沒想過會是這樣的結果，他根本無法想像自己認真起來還會輸給一個數字二，周圍的掌聲十分刺耳，彷彿是對他的嘲笑與諷刺，儘管已經沒人在乎他的輸贏，周圍的人只注視著林慕和徐斌。

金龍摀住耳朵，吼道：「閉嘴！統統閉嘴！」

掌聲卻片刻未停，沒人聽見他的吼聲，金龍在掌聲中瘋了，嘴裡唸唸有詞，不斷說著：「怎麼可能」、「我不會輸」。

林慕只看一眼崩潰的金龍，便冷冷地挪開了目光，因為他的對手只有徐斌。他心想：終於贏了，但這招只能用一次，徐斌不會再被他影響第二次，必須再想想其他對策。

觀眾的掌聲持續了很久，久到林慕覺得不對勁，忍不住脫離思緒，皺眉看著人群。

每個人都笑著，目光盯著桌面，持續不斷地鼓掌，明明牌已經被荷官收走了。

怎麼回事？

林慕回頭，不經意發現徐斌萬年不變的臉上，竟然揚起了燦爛的笑容，十分閃耀。

再低頭一瞧，徐斌的小指動得厲害，莫名有種小狗在搖尾巴的錯覺。

林慕愣怔。

「慕慕，這是你第一次主動握我的手呢！唔……我可以把徐斌的手切下來做紀念嗎？」

是李眞的語氣。

這傢伙，眞的是李眞！

什麼時候？他是從什麼時候開始操控徐斌和介入賭局？

林慕瞪著徐斌……或者該說李眞。

他眞正的對手，竟然是李眞。

13 真正的對手

李眞站起身，走到林慕背後。林慕表面上不爲所動，全身上下的神經卻緊繃起來。

「慕慕，不甘心嗎？」

林慕沒有回頭，只感覺背上的壓力宛若千斤重，他雙手放在桌上緊握雙拳，坐直身體，忍住這股壓迫感。

接著李眞的手覆上他的手背，林慕一顫，想甩開卻被定在原處。

並不是因爲李眞施加壓力，反而是因爲他意外輕柔的動作，以及溫暖的掌心。

林慕從不輕易被別人的溫柔與施捨動搖，但李眞的舉動，讓他腦中莫名浮現一個被遺忘的人。

雖然面容和嗓音模糊，像打上了馬賽克，卻讓他無比熟悉，即使畫面再模糊也能感受到對方語氣裡的包容，以及自己回覆對方時的放鬆。

他們坐在木造長桌邊，桌上擺著一疊課本，那人坐在他身旁，撐著腦袋，好整以暇地問他：「下次考試要比什麼？」

又來了，又是這句話，他們總是在比賽。

自己當時回答了什麼……「每次都是你贏，有什麼好比的？」

他居然會對一個人認輸，甚至表現出任性的一面。

那人笑得像和煦的太陽，從背後覆上了他的手。

「『我來教你怎麼贏我。』」

重疊的話語讓林慕驀然回神，甩開了李眞的手。

「別隨便讀取別人的大腦！」

那樣溫暖又充滿包容力的人，怎麼可能像李眞？唯一的可能，就是他模仿了自己記憶中的人。

李眞失笑，「慕慕，你想的事情很有意思。」

「但我怎麼可能允許我以外的人接近你？」李眞再次壓制林慕，這回不再給予任何逃脫的機會，從背後扣住他兩隻手掌，十指緊扣狠狠按在桌上，臉頰貼在他耳邊，用宛若訴說著祕密的氣音說道：「沒有男人會發自內心對你溫柔和包容，他們腦中想的都是什麼時候能把你搞上床。」

瘋子！

林慕剎那間紅了耳根，就連小時候在暗巷裡不小心撞見野戰的情侶，他都能淡定地喊借過，如今李眞只是一句話，居然能讓他紅透耳根。

「來，比大小其實沒那麼難。」李眞扣著林慕的手，收攏荷官面前的牌堆，帶著他一起洗牌，「看清楚洗牌的動作，那是關鍵，牌被收回後，你想要的那幾張大牌都在最上層，第一次會被洗到中間，第二次會被洗到最上層和最下層，第三次會被洗到中上層，荷官只會洗三次。」

李眞鉅細靡遺地手把手教學，林慕雖氣惱卻無法反抗，腦海裡想的全是這人被大卸八塊、哭著求饒的畫面。

李眞笑出聲，「還眞敢想，辦得到嗎？」

林慕冷哼，「我就是『想』給你看的，繼續看，我還能做得更狠。」

李眞哈哈大笑。

或許兩人都沒發現，他們的相處劍拔弩張，又和諧得讓人無法介入。

李眞忽然道：「你還記得關卡嗎？小花匠。」

林幕根本沒把這件事放在心上，他也不打算闖關，只是想看看遊戲想搞什麼名堂。

林慕問：「你也相信遊戲說闖關就會讓我們離開的鬼話？」

李眞搖頭失笑，「你認爲所有人都是心甘情願地闖關嗎？」

林慕蹙眉。

「難道沒有人想過反抗嗎？那些人去哪了？」

林慕心想：確實，他知道不是每個人都會爲了獎勵拚命，但他目前遇到的所有人，除了服務生以外，都對系統深信不疑，懷疑系統的人佔極少數，他以爲是因爲遊戲控制了玩家的大腦，難道還有其他原因？

然而，李眞開了頭，卻沒有再繼續說下去。

林慕繼續思索，還有，李眞爲什麼會在現在突然提到關卡？

李眞鬆開箝制，林慕被李眞忽然提出的問題引走注意力，忘了揮出拳頭，等反應過來時，李眞已回到座位，笑咪咪地說道：「那麼，開始吧。」

機械似的掌聲漸漸停止，沒人察覺異樣，彷彿剛才的時間斷層只是錯覺。

荷官拿起面前的牌，渾然不知這副牌早已被人動過，他公布目前的戰果，宣告下一局即將開始。

李眞又恢復原來的面無表情，忠實地扮演著副組長，只是偶爾和林慕對上目光時，難掩瞳孔裡慧黠的笑意。

林慕的臉色更黑了。

副組長難搞，李眞只會更難搞。

此時林慕的注意力全在李眞身上，因此沒察覺另一道陰鷙的視線——金龍死死盯著林慕，宛若要將他的腦袋洞穿，手裡小刀握得死緊，憤恨地看著「副組長」和林慕兩兩相望、眉來眼去，甚至就連群眾也將注意力集中在兩人檯面，顯然已將他視爲棄子。

向來眾星拱月的金龍什麼時候嘗過這種冷落？他和徐斌王不見王，雖然從沒有坐上同一張賭桌，但他自認實力應該與徐斌不相上下，沒想到對方在賭桌上如魚得水，張張都能是好牌。

不，一定是巧合，他今晚手氣不好，所以徐斌才贏得了他，都是這個賤貨出來攪局，害他今晚牌運奇差無比，都是他害的，都是他……

「請貴賓開始抽牌。」

荷官一語方落，林慕專注地將手伸向自己看好的牌，而金龍卻猛地高舉起小刀，朝他的手背刺下——

只要毀了他的手，我就能贏！金龍心裡嘶吼。

忽然間，金龍的手腕被牢牢抓住，小刀「鏗啷！」掉落在桌面。

金龍愣愣地看向副組長，副組長微微一笑，在場沒有人見過副組長的笑容，素來冰冷的臉竟然那般優雅友善，金龍一瞬恍惚。

「抓到了。」副組長談笑自若地說：「抓到你出老千。」

什麼？

金龍想從椅子上蹬起，卻被副組長牢牢抓住手腕，疼得哀號。

「不是、徐斌，我哪裡出老千？別說是因爲我動刀，你我誰不知道賭場根本不管玩家要用什麼手段？動刀跟出千毫無關係！」

在新天堂賭場，暴力脅迫、金錢利誘，甚至奴隸販賣，層出不窮，系統不在乎玩家自相殘殺，唯一的規則只有不得被發現出千。

副組長……或者該說李眞，笑道：「我能讓你進來，就能讓你滾出去，我就是規則。」

李眞打了個響指，金龍的籌碼迅速消失，不僅歸零，甚至來到了數十億的負値，包括李眞借他的籌碼，一併討了回來。

金龍臉色發青，終於明白，這傢伙並不是要和自己聯手，而是要誆他，讓他跌得比原本更慘。

「你、你你你耍我！」金龍指著李眞，上氣不接下氣，彷彿快要心臟病發。

「耍你？」李眞發出輕笑，「人只會欺負自己感興趣的東西，至於你，是死是活我都不感興趣。」

林慕斜眼看向李眞，眼神說不上是認可，還是其他。而其餘眾人則是驚訝，副組長平常人狠話不多，說起話來氣死人的程度不輸給這個特別囂張的新人啊。

賭場的保鑣們紛紛向前，打算把賴在賭桌不肯走的金龍拖下去，金龍吼道：「你們誰敢！」

金龍的手下也圍上來護駕，不得不說，金龍吼起來還是挺有分量。

一時之間場面僵持，如同長年以來金龍和副組長的爭鬥，互不相讓。

「呸！」金龍吐了口唾沫在桌上，「徐斌，你以爲你能囂張多久？不怕哪天位子坐不穩，人頭落地？」

金龍陰惻惻地笑了起來。

原本他不打算透露消息，怕徐斌提前跑路，但眼下對方都敢光明正大坑害自己，再等三天還得了？

李眞笑了，「哦，你說那個。」

金龍見他這副模樣，不知爲何心裡驟涼。

「那個通知是我傳的。」

李眞一字一字地說，眼看金龍臉上失去血色，蒼白如紙。

「不讓你得意一下，怎麼露出馬腳？以下犯上、人口販賣、黑箱交易……你覺得我會放過你？」

金龍感覺全身涼透，似是流光了血液，四肢無比僵麻，耳朵嗡嗡作響，「不可能、怎麼可能？那確實是系統跳出的訊息，你怎麼可能控制系統？」

李眞雙手插在褲兜，說道：「我就是有辦法哦。」

金龍指著李眞，「你、你你你！」說半天沒能說出一句話，忽然仰頭昏了過去。

林慕寒著臉，注視著李眞。

他能控制系統……是眞的，還是假的？

金龍大勢已去，賭場的保鑣們架住他，金龍從短暫昏迷中悠悠轉醒，臉色明顯頹靡，彷彿片刻之間老了十歲，再也無力抵抗。

保鑣們將金龍拖下賭桌，林慕喊道：「等一下。」

接著他走向金龍，「你的刀掉了。」

說完，便高高舉起小刀，直接刺穿他的掌心！

「啊——！」金龍發出淒厲的慘叫，林慕卻置若罔聞，還在血窟窿裡狠狠轉了一圈，「還你了。」

所有人一臉驚悚，頓覺毛骨悚然。

就連保鑣們都被嚇了跳，趕緊把金龍拖下去，血灑了一路。

林慕笑著目送他們離開。

腦中復仇的筆記本又減了一筆。

服務生站到林慕身邊，目光飄向遠方，「大哥，我錯了，從今以後我不會再說您怎麼能和這些人比，是這些人怎麼能和您比……」

該擔心沒命的，不是大哥，而是那些大佬才對。

「玩完了嗎？回來吧。」李眞坐回賭桌，目光含笑，語氣寵溺，就像在對待自家的小貓咪，大概只有他會把林慕剛才的行爲稱之爲「玩耍」。

賭局並沒有結束，李眞沒打算放過他。

林慕收斂臉色。

服務生小聲說道：「大哥，我怎麼覺得副組長怪怪的？」

林慕挑眉。

「我記得副組長性格冷漠，怎麼好像變了一個人？」

林慕不置可否，心想：發現得太慢了。

林慕回到賭桌，手裡翻轉著籌碼，心知繼續這樣賭下去毫無意義，必須想能贏的手段。

李眞放下手機，「礙事的人走了，我們可以專心玩了。」

你剛才還不夠專心嗎？林慕想吐槽。

但沒人想到，副組長說的「專心」，就是把把都是黑桃10至A的同花順，最大的牌組。

林慕想跟他搶牌，兩人都看中黑桃A，並且同時按住了那張牌，最後林慕成功抽到牌、收回手，卻發現手裡的牌竟不是黑桃A，而是數字二。

「這張比較適合你。」李眞溫潤的聲音宛如情話，就像在花店裡爲戀人挑選一朵漂亮的百合。

林慕生平第一次感受到壓倒性的實力差距，讓他恨得牙癢癢，怒極反笑，說道：「你是想報仇嗎？」

他整過李眞，李眞記恨他也是理所當然。

「我只是想看你輸。」李眞伸出指尖輕撫林慕的下顎線，沒有刻意壓低音量，想像著什麼美夢似地，愉悅地勾起唇角，「這間賭場是我的，如果你的器官獻給賭場，那不就是我的了？」

周圍的人震驚，副組長看上新人了？原來是「霸道總裁愛上我」的戲碼？

服務生也震驚，「副組長終於換口味了嗎？還說只喜歡我這種平凡的類型呢！好險、好險。」

林慕：「……」好像知道了什麼不想知道的事。

林慕握緊湯匙，被李眞當眾調戲讓他十分不爽，但還是得保持冷靜。

「呵，利用系統給的『優待』贏過我，你喜歡這種不勞而獲？」林慕故意這麼說，他猜測以李眞的性格，越容易到手的獵物，他越覺得沒意思。

李眞無所謂地攤手，「你想怎麼玩？」他聽懂了林慕的挑釁，並大方地直接讓對方制定遊戲規則。

林慕勾唇，「比大小可以，規則變更。每輪五局，總共兩輪，第一輪由我做莊，第二輪換你。開局先下注，洗牌過程雙方必須全程閉眼，直到荷官把牌放到桌面才能睜眼，然後雙方隨機抽取一張牌，不得看牌，由該輪莊家決定這一局比大還是比小。每局的贏家可以得到該局總下注金額的十倍籌碼，若一方持有籌碼歸零，則遊戲提早結束，不得加換籌碼。怎麼樣，你身爲賭場負責人，敢賭嗎？」

林慕心想，從之前幾場賭局的規則就能看出——這間賭場根本不在乎賺不賺錢。只是，這是系統授意，要讓玩家相信系統的「友善」，還是李眞的爲所欲爲？無論眞相如何，都不重要。重要的是，自己要利用這點大賺一筆，登上第一名，進入地獄商城！

而果不其然就如林慕猜想，李眞並未提出反對，毫不猶豫地點頭，就像不管林慕說什麼他都會微笑同意，甚至教人懷疑他究竟有沒有聽清楚規則。

新的一輪遊戲開始。

第一局下注，李眞隨意點了點手機螢幕，下注一億。而林慕微微一笑，竟然將桌上一半籌碼推出，下注了四十億。

照規則所說，贏家能得到十倍籌碼，光是這一局，贏家就能奪得整整四百億以上！

過於高額的賭金，引起了賭場高層的注意，即使副組長人在賭桌上，他也不得不前來提醒：「抱歉打擾兩位貴賓，報告副組長，恕我冒昧提醒您，目前的賭金超過賭場金庫現有的三分之一資產。」

言下之意，就是提醒副組長下令改變遊戲規則，或者終止賭局。

李眞雙手抱胸，往後翹了翹椅腳，「不夠付的，就從我個人資產拿。」

「但是……」賭場高層面露遲疑，不時瞥向林慕，眼裡的意味很明顯：雖知副組長背後有許多不在明面上的不動產和黃金等可以變現，但反之如果林慕輸了，絕對不可能支付如此鉅額的籌碼，所以無論輸贏，對副組長來說都是賠本賭局。

一向冷靜自持的副組長，居然會不惜動用個人資產也要跟這個新人賭一把？而且是在明知會賠錢的情況下？難道真的是藍顏禍水？

賭場高層看林慕的眼神頓時相當複雜，不知該說是責備還是佩服。

林慕統統裝作沒看見，手裡翻轉著甜點匙。

荷官甜美的嗓音響起：「現在開始洗牌，請兩位貴賓合上雙眼。」

林慕和李真同時閉上眼睛。

群眾緊盯著林慕，甚至想確認林慕有沒有偷偷低頭睜眼，畢竟規則是他制定的，再加上第一局就如此大手筆地下注，很多人懷疑他是不是想偷偷作弊。

但也有另一部分人懷疑，林慕是故意花大錢下注，這個遊戲全憑運氣，輸贏機率各佔二分之一，如果他賭對了，就能得到整整四百多億，如果他賭錯了，反正也沒錢支付，大不了賣身。

再者副組長這方，雖然輸了錢得動用個人資產，但如果真如他所說，他對這個性格剛烈的數字二感興趣，贏了就能得到對方的身體，未必是虧本買賣。

後者的分析很快得到大多數人的認同，因此很多人已經把這場賭局從生死之戰看成了肉體交易。

「請兩位貴賓睜開眼，抽取一張牌。」

林慕和李貞睜眼，各抽了一張牌。

因為不能看牌，所以抽回後，只能蓋在自己的檯面。

周圍人看林慕的目光都有些詭異和曖昧，林慕視而不見，由於第一輪是他做莊，他十分隨意地喊了聲：「比大。」

雙方開牌。

林慕拿到黑桃Q。

李貞則是拿到紅心4。

李貞輸了，而且輸得相當徹底。

觀眾搖頭，一切全憑運氣，就算是副組長也沒辦法。

但很快地，事情漸漸變得詭異起來，如果第一局可以說是運氣，第二局、第三局、第四局……林慕竟然連贏了四場，累積持有籌碼高達一千五百億。

觀眾們說不出話，現場鴉雀無聲。

第五局是第一輪的最後一局，李眞目前的籌碼只有一百六十億，差距極大。

然而李眞臉色如常，不見半分急迫地梭哈了，就像要心甘情願地輸給林慕。這反而讓林慕生起懷疑，沒有立刻抽牌，而是一面吃著蛋糕，一面問李眞：「你是什麼時候變成副組長的？」

他一方面是想藉由聊天觀察李眞的反應，並讓對方轉移注意力，另一方面是他一直想知道李眞到底是什麼時候控制副組長的，明明完全沒有跡象。

林慕問得很有技巧，即使周圍的人聽見這番話，也只會以爲他在問徐斌是什麼時候當上副組長，而不會知道他其實是在問操控副組長的人。

李眞反而毫不遮掩，笑咪咪地回答：「從一開始就是我唷。」

林慕抬頭望進李眞的眼眸，原先副組長的瞳色不知何時變成了李眞特有的金眸，璀璨金眸如太陽般燦爛，但若是看得太仔細會很刺眼。

不，李眞說謊了，副組長出現的時候，他還是荷官。

林慕收回視線，抽牌，喊道：「比大。」

這時李眞忽然笑出聲，林慕不明所以，卻見李眞掩著唇，雙眸彎起，說道：「你這麼美，做什麼都是可以被原諒的哦。」

林慕隱約覺得這句話好像在哪聽過，但當務之急是——李眞難道發現了他的手法？

事實上，他和李眞的勝負率並不是二分之一，從一開始，他的贏面就比較大。

首先，他抽牌時，會挑那些表面痕跡較多的牌，因爲在前幾場的搶奪遊戲中，A和K這兩張最大的牌最常被搶奪，留下的痕跡自然較多。

再來，他每次都能知道自己抽到的牌是幾點，他抽牌時會透過手上蛋糕匙的反射，確認牌面的大小。

最後是規則，他之所以先做莊，是因爲他只有喊大才會贏，所以他一定要在第一輪就讓李眞破產，才能確保自己是最後贏家。

這不是一場全憑運氣的遊戲，靠的是智慧還有技巧。

林慕不確定李眞是不是發現了這些，不過，沒被當場抓獲即不算出千，而且李眞如果眞的知道他的計畫，爲什麼還輸給他？

剛才李眞說想看他輸，一點也不像說假話。

林慕冷冷一笑，「我做了什麼，需要得到你的原諒？」

來吧，說清楚，你到底發現了什麼？還是只是想套話。

李眞沒有多言，拿起自己檯面上的牌，玩味地放在唇邊，黑色千鳥格的牌底邊露出了半截笑容。

林慕還在消化李真笑容裡的意味，忽然聽見荷官活潑地說：「因爲我們都看見了哦。」

林慕猛地看向荷官。

接著，周圍安靜已久的群眾，數百、數千人不約而同地笑著開口：「因爲我們都看見了哦。」

一模一樣的語調，一模一樣的表情，甚至就連服務生也是。

林慕終於發現，從頭到尾，李真都能輕鬆控制整間賭場的所有人，甚至很有可能這不是對方的極限。

自己身邊就像裝了無數台監視器，無論做什麼都逃不過李真的眼睛。

不僅如此，李真能控制洗牌的荷官，所以有沒有閉眼都是一樣的。

李真放下唇邊的牌，是黑桃K。

林慕輸了。

李真太強大，林慕不可能賭贏。

無論是金龍、胡三，甚至是副組長，這些所謂的高階玩家湊在一起，也不如李真的萬分之一。

他，根本不像人。

林慕背脊發涼，爲自己的想法感到一陣惡寒和不可置信。

他想起李眞提醒自己要破解關卡、李眞可以控制金龍手機裡的系統通知、李眞他……林慕手裡的蛋糕匙掉落在地，想撈卻沒撈住，罕見地慌了手腳。

「慕慕，你怎麼了？你放心，我控制所有人都是爲了你唷，這樣就沒人知道你輸了。」李眞的眼睛亮晶晶的，討好的語氣宛如要糖的孩子，渴望得到大人的稱讚，「只要你保證以後你的身體都是我的，絕對不會讓其他人碰你……」

李眞伸手想碰他，林慕瞬間瞠目，反應極大地甩開，「給我滾開！」

林慕從未用這麼高分貝的聲音說話，這是發自內心的厭惡，彷彿一隻被傷害的野獸豎起了毛髮。

李眞頓住，眼底閃過一絲受傷，眉尾下垂，沒精打采地注視著林慕，想碰又不敢碰。

林慕察覺自己的失控，但他不想再面對李眞，擰起眉心說：「你走吧，解開他們的控制，我不玩了。」

爲了贏甚至能賠命的林慕，竟然寧願放棄第一名也不願看到自己，李眞明白他是認眞的。

李眞沉默一會，對林慕說：「你的關卡，一定要解開。」

「滾！」林慕掃開滿桌籌碼，塑膠片掉落滿地。

李眞默默無語，蹲下身一個一個撿起。

林慕看著他的模樣，氣得顫抖，「是你誘導我來這裡的吧？打從一開始，你這個第十層的『玩家』出現在第一層就不是偶然。因爲我不肯闖關，所以你過來讓我照著劇本走，至於你怎麼能知道這些消息？最開始那個AI客服說要請示的『上級』就是你，對嗎？」

他以爲李眞和他一樣，不會甘心受到系統控制，即使協助管理遊戲秩序，也不過是想得到權力而已，他們本質上都想毀了這個遊戲——但沒想到，李眞竟然和他們是一夥的，接近自己只是想騙自己繼續闖關。

李眞不只毀了他的計畫，背叛了他的信任，甚至用事實告訴他，他重活了一次，依然活在別人的控制裡。

李眞安靜地撿完籌碼，放在林慕桌上，說了句：「我走了，不要傷害自己。」

林慕不明白他在說什麼，也沒從他嘴裡得到答案，更加忿恨。

李眞走回座位，他一低頭，周遭的人們再次恢復吵雜，所有人都回來了，若無其事地交談著，他們甚至忘了剛才的賭局，記憶還停留在林慕說要更改遊戲規則以前。

恢復意識的副組長默默抬起頭，擰著眉頭好像在思考什麼，抬頭看見林慕時，幾不可見地一頓，眼神像在說：「這誰？」但很快便移開目光，沒有多說什麼，像是早已習慣自己時不時地失憶。

看來李眞沒有少控制副組長。

不過林慕沒有大意，他繃緊神經，懷疑李眞是眞的走了，還是又是一場欺騙。

徐斌如傳言中淡定，如果不是林慕一直盯著他，肯定沒人能察覺他的異樣。徐斌沒有表現出自己的失憶，而是很快認清自己正在賭博，他摩挲著玻璃杯，耳邊聽著周遭的討論，大概摸清了自己現在的處境。

他在和一個數字二的新人對賭，賭局是比大小，而且這個數字二並不完全落於下風。

得知這個理應讓人不敢置信的消息，徐斌卻絲毫不動聲色。

徐斌抬頭，對上林慕探究的雙眸，開口：「繼續。」然而——他的鎭定在看見林慕身後站著的人時，瞬間崩裂。

徐斌黑著臉，沉聲說：「你還有臉出現在我面前？」他死死握著玻璃杯，像在隱忍翻騰的情緒。

服務生突然被徐斌盯上，渾身一悚，臉色發白——怎、怎麼了？剛才不是還好好的嗎？他還以爲副組長已經忘記他了！

服務生躲在林慕椅背後，不死心地問：「您、您是在跟我說話嗎？」

「你覺得呢？」徐斌一字一句咬牙切齒地說，臉黑得跟鬼一樣，服務生覺得自己再不面對可能要被殺了，當即跪下求饒：「對不起！我錯了！您、您誤會了，我也不想出現在您面前啊！我一直躲著您，是您突然出現……」

不得不說服務生確實很有激怒人的潛力。

徐斌一把捏碎了玻璃杯。

在場所有人是第一次看到副組長真真切切地發怒，以往副組長總是喜怒不形於色，難以想像這個小服務生到底是哪裡惹到閻王，全都嚇得低頭不敢看。

「您大人有大量，原諒我吧！嗚嗚嗚……」服務生真的被嚇哭了。

徐斌從齒縫擠出笑聲，諷刺道：「怎麼，不是扯說愛慕我很久了？沒有其他消息想打探，就不演了？」

「沒有、沒有，我怎麼敢……」

「不敢？都敢放我鴿子，你還有什麼不敢？」

「我、我只是臨時有事。」

「開了房，在我洗澡的五分鐘內，能有什麼天大的事？說，我聽。」

本就不敢吱聲的人群們此時更加安靜了。

面無表情的林慕心想：可以確定李眞已經走了，還有，他眞的不想知道這些事。

14 全數翻盤

賭局繼續進行，徐斌自然不能輸給林慕，雖然他跟這個新人無冤無仇，但這次情況特殊——系統竟然提供了開啓地獄商城的獎勵。他自己當年便是靠地獄商城坐上副組長之位，如果這個獎勵落入他人之手，風險多大可想而知。

徐斌必須守住這個位子。

荷官整理牌組，請副組長和林慕下注。

由於眾人的記憶停留在最初的比大小，因此賭局依舊按照原來的模式進行。林慕知道徐斌不是李眞，不可能輕易接受自己提議更換遊戲規則，所以決定先玩幾局觀望情況。

林慕摩挲著紅酒杯，垂眸望著杯中的紅液。

目前爲止自己雖然還是第一名，但就算李眞那混蛋走了，徐斌應該也不好對付。

然而林慕沒想到，服務生竟然能讓副組長如此動搖。

徐斌明顯心神不寧，在搶牌時，服務生只是一聲驚呼、甚至一個腳步挪動，都能讓他分神，而林慕便趁此奪得先機。

加上之前已經知道比大小的破綻在於荷官洗牌的規律，幾局下來，林慕竟是輸少贏多，眾人小聲議論副組長究竟是怎麼了，難道是因為剛才那個服務生？

林慕笑了，看著表面沉著，實則不在狀態中的徐斌。他一點也不介意趁人之危，徐斌自己心煩意亂、定力不足，能怪誰？

他甚至在想，如果能讓徐斌更加動搖，他不介意把服務生送上門。

林慕不疾不徐地擱下籌碼，朝服務生發自內心地一笑，彷彿在肯定服務生的貢獻，笑得遍地開花，笑得服務生心裡發寒。

大、大哥居然對我笑了！笑得真好看……不對，大哥從來沒有這麼親切過！感覺有點可怕，嗚嗚……

隨著一場場賭局，林慕刻意時不時在桌下用腳踢服務生，服務生的反應總是能引走徐斌的注意，兩人的籌碼數字逐漸拉開差距，林慕笑咪咪地看著大廳裡的時鐘，距離系統結算的時間只剩下半小時。

半小時後，他將成為最後的贏家。

林慕掀開手邊的牌組，他再次贏了徐斌，荷官正要宣布本局籌碼歸林慕所有——「嗶！嗶嗶嗶！」整間賭場忽然響起了刺耳的警告音。

眾人還沒搞清楚究竟發生了什麼事，系統的警報聲再次響起：「嗶！火災警報！火災警報！請貴賓盡速前往逃生出口！請貴賓盡速前往逃生出口！」

失火了！怎麼會突然失火？

賭場工作人員立刻安排人員疏散，一開始還看不出異樣，直到有人聞到燒焦味，很快會場內煙霧瀰漫，眾人驚慌失措，無法再冷靜地遵照指示，全部往逃生出口擠成一團，甚至有人被推倒，在人群中被踩傷。

「大哥！我知道有另一個後門，我們從那裡逃吧！」服務生趕緊拉著林慕。

徐斌早已被保鑣包圍護送，他擁有賭場最高權限，有他的虹膜開鎖才能走頂級ＶＩＰ專屬通道，他望了服務生一眼，本想過去說什麼，卻被忠心耿耿的幹部們——包括胡三等人——不停催促。畢竟他是領頭者，千萬不能有任何閃失，否則第一層將會天下大亂。

徐斌收回視線，什麼也沒說，只是以眼神示意幾名手下留下，轉身離開。

林慕注意到徐斌的手下默默走在他們身後，而服務生渾然未覺，焦急地想拉著他前往後門。

「等等。」林慕打開黑色手提箱，打算把桌上自己贏來的籌碼掃進箱子裡帶走。

這時，賭場內的消防設施啓動，水從上方花灑噴出，試圖澆熄火焰和煙霧。林慕籌碼太多，收拾需要一點時間，箱子裡的紙鈔逐漸被水浸濕，林慕忽然停下動作。

「大哥！你還在等什麼？快走啊！」

這場火來得突然，眾人都在懷疑是意外還是有心人士的恐怖攻擊，畢竟賭場內不是沒發生過大規模的報復事件，曾有賭客輸錢後帶著霰彈槍進入會場射殺無數人，諸如此類的案例多不勝數。所以，大家都擔心失火只是開頭，說不定還被安裝了炸藥，區區花灑系統根本起不了作用。

但很快，此起彼落的慘叫聲劃破了這個註定動盪不安的夜晚。

「啊啊啊——我的錢！我的錢啊！」

「不見了！都不見了！」

「完了、我完了！錢……錢……」

無論是大廳還是每個樓層的走廊都衝出了大驚失色的賭客，他們緊握著手機，模樣竟比遭遇失火時還要惶恐，說話也語無倫次，教人不明白發生什麼讓人如此恐懼的事。

灑水停了，疑似火災造成的煙霧和燒焦味也散去，彷彿只是虛驚一場，但林慕知道這一切才正要開始——

他注視著手提箱裡的紙鈔久久未動，箱子裡滿滿的紙鈔被水淋濕後褪了色，防偽花紋消失，露出隱藏在底下的一排字體：「FAKE」。

虛假的。

系統發給他們的一億元鈔票，全都是假鈔。

排行榜中所有人的籌碼急遽減少，一億元瞬間蒸發，看著不斷更新的數字，現場亂成一鍋。

「錢、我的錢啊！還有半小時就要結算了啊！」

「壞了！一定是系統壞了！誰快來修好它！」

「爲什麼？爲什麼我的錢不見了！」

所有人互相嘶吼、拉扯，有人質疑是身邊的人騙了錢，有人懷疑是系統壞了，威脅賭場工作人員快點修好，工作人員手忙腳亂，請賭客們保持冷靜，有可能只是系統短暫出錯，但幾分鐘過去，眾人失去的金額卻再也沒有回來。

稍早系統說過——六小時後將進行結算，所持籌碼低於一億元者，不得離開賭場，即刻失去玩家資格。

這意味著，半小時後，持有籌碼不足一億元的人要不是死，要不就是永遠受困在遊戲之中，再也無法離開。

林慕身爲排行榜第一的玩家，理應是全場最游刃有餘的人，然而他的臉色卻異常難看。

他終於明白，爲什麼遊戲不直接將一億籌碼匯入玩家的虛擬帳戶，而是給予實體，因爲這樣才能在最後一刻淋濕紙鈔，看見眾人絕望的模樣。

他想起了李眞離開前的提醒——你的關卡，一定要解開。

他的關卡劇本是：「你的身分是個花匠，花匠擁有整個溫室的花。某天，你回到溫室，卻發現原來你種的不是花，而是……」

他懂了，整個溫室的「花」，對應的是塞滿整個房間的紙鈔。當這些「花」被澆了水，才露出它的眞面目。

這個限時賺滿一億籌碼的特別活動，就是他的關卡，要是他像大多數人一樣傻乎乎地守著系統送的一億元，最後才會發現都是假鈔，而輸給遊戲。原來如此，這就是他的關卡一定要解開的原因。

雖然他現在已經靠著一億假鈔翻身，賺回了八十億，但林慕知道，關卡的惡意遠遠還沒結束……

服務生順著林慕的視線看見紙鈔的變化，驚叫出聲：「怎、怎麼回事？你的錢怎麼會！」

本來已經準備離開的徐斌，在進入專屬通道前聽見眾人的驚呼，接著手機傳來帳戶通知，發現持有的籌碼被扣款將近一億元後，頓時察覺到不對勁，又折了回來。

然後便聽見服務生的喊聲。

正事當前，徐斌不再被私人情感左右，快步走到林慕身邊，端詳那疊不尋常的紙鈔，皺眉問：「怎麼會有這麼多假鈔？」

徐斌皺眉之際，跟在他身後的胡三罵了聲髒話，「操！排行榜上現在籌碼有一億的才十幾個人啊，那剩下一千多人不就得死嗎!?」

胡三察覺徐斌沒有反應，立刻知道老大八成又失憶了，他和幾名最高幹部是唯一知道老大情況的人，但礙於現場有許多外人，他不能讓人察覺異樣，只能假裝提起：「系統沒事搞什麼特別活動，說什麼六小時後籌碼低於一億的人就不能離開賭場，還會失去玩家資格，這不是要人命嗎？」

徐斌接收到胡三的提醒，終於明白狀況，他抬頭看排行榜，面沉如水。

如今情況很糟，賭場內貧富差距懸殊，籌碼破億的玩家只有十幾名，意味著死亡人數將高達一千多人。

徐斌沉默一會，幾乎篤定地道：「有人的關卡在賭場裡開了。」

胡三撓頭，「這才第一層啊！一隻怪物都不一定能殺死一個人，遊戲怎麼會突然大開殺戒？」

第一關難度就這麼高，實在很不合理。

熟知系統的徐斌說道：「它認爲，這個難度對該玩家來說不成問題。」

說完，徐斌看向林慕，再看向滿箱的假鈔，眾人頓時心照不宣，明白了什麼。

「啊！就是你這臭小子！」胡三指著林慕。

能讓系統在第一關就動用地獄模式的玩家，除了這個小子還有誰！

林慕不發一語，低頭把玩著許久沒有拿出來的魔術方塊。

「喂，你別事不關己啊，雖然你現在是安全了，但你看看，你的關卡會害死一千多個人你知不知道！」胡三動怒。

林慕冷笑一聲，「難道是我自己想玩的嗎？」

遊戲不會放過不進行關卡的人，這個鬼遊戲從一開始就在布局，直到你深陷其中。無論如何閃避，遊戲都會強壓著頭逼你玩。

偏偏林慕最厭惡任人擺布。

「你！」

徐斌按住胡三的肩膀，示意他不要衝動，現在想辦法解決問題才是重點。

錢幣組身爲第一層的管理者，有義務保護玩家的安全，他不可能輕易讓一千多人喪命。

徐斌讓錢幣組的幹部們帶領成員安撫玩家，另外留下幾個高層幹部商議解法。

首先，拿器官兌換籌碼不可行，他們看了最新更新的價目表，系統就像早已預料到他們的想法般，價目表上的頭髮、指甲這些欄目已被刪除，可兌換的只有四肢和身體器官。但一億元如此龐大，即使付出性命也不夠兌換。

再來，他們試圖把不動產變現，想把現金匯進帳戶，但無論嘗試幾次都失敗，如規則所說，這一億元必須是今日賭場內得到的籌碼。

最後只有一個方法，就是把賭場金庫裡的籌碼全數拿出來，分送給玩家。

但有個問題，即使副組長擁有最高權限，也無法隨意開啓金庫，金庫的數據是由系統掌控，當玩家在賭桌上勝利，就會自動發放籌碼給玩家，副組長唯一能做的只有開啓新賭局。

林慕沉默地聽著錢幣組的討論，沒人注意到他手上的動作早就停下，魔術方塊六面都變成漂亮的相同顏色。

有一個解法可以保證沒人會死——就是所有人都參與賭博。

只要玩家互相配合，刻意輸錢，讓對方贏得籌碼，就能動到金庫裡的錢。

但是，這個做法明顯有兩個問題。

一是剛才賭場的經理提過，四百億是金庫的三分之一金額，所以代表現在金庫約有一千兩百億。

從排行榜上的人數可見，目前現場有一千八百五十九人，屏除少數有達一億元者，即使把整個金庫的錢都挪出來也不夠分。

二是，時間剩下半小時，誰先賭？誰後賭？誰不想先湊齊一億元？肯定會爲此大打出手，反而耽誤時間。

當然，還有最後一個方法，可以百分之百確保每個人的安危，不過……

林慕看著眼前宛若世界末日的場景，每個人扭打成一團，地上血跡斑斑，不少手機碎裂一地，他們在互搶手機，彷彿這樣就能奪得對方的籌碼。

許多滿臉是血的人到櫃台哭訴，懇求工作人員救救他們，工作人員害怕被波及全部躲了起來。

在這個時候，人人只想自保，只要死的不是自己，是誰都無所謂。

林慕眼神很冷，唇角弧度淺淺上揚，安靜地袖手旁觀。

人心如此醜陋，他爲什麼要救這些人？

錢幣組的幹部都是菁英，很快也討論出了林慕剛才想到的解法，以及那兩點疑問。

徐斌叫來了經理，請他從後台計算今晚榜上所有玩家贏得的籌碼金額，以及目前金庫內所剩的籌碼總額。

經理看到結果時愣了下，接著畢恭畢敬地對徐斌說：「經過後台計算，今晚流動的籌碼總額共一千八百五十九億。」

所有人都頓住了。

現在賭場裡的玩家就是一千八百五十九人，這表示，如果這些籌碼平均分配，剛好能讓全部玩家過關，這就是這關的最佳解法！

至於要如何平均分攤這些錢，首先由今晚獲得籌碼超過一億元的玩家和荷官對賭，用一場簡單又快速的比大小遊戲輸給荷官，僅留下一億元籌碼，如此一來金庫的總金額便足夠分給所有不足一億籌碼的玩家。

接著其他玩家再跟荷官對賭，同樣玩比大小，荷官會故意輸給玩家，直到所有玩家都得到一億元爲止。

知道了最佳解法，徐斌立刻對經理下達指令，請他廣播通知——

「親愛的貴賓您好，賭場報告，請貴賓們稍安勿躁，副組長將會實施籌碼分配，確保每個人都能於賭局中獲得一億籌碼，請排行一到十的賭客前往A區一號賭桌，排行十一到二十的賭客前往A區二號賭桌……」

在廣播努力不懈地複誦下，原本腥風血雨的大廳終於漸漸恢復一絲理智，一來是眾人原本就十分信任副組長，二來是聽見有了救命方法，他們也顧不得爭鬥，趕緊奔向賭桌。

一張賭桌只有十人，即使爭先恐後，場面也不至於太混亂，而且只參與一場三十秒的簡單賽局，就能獲得救命的一億元，眼見時間還有二十分鐘，大多人還是願意等待。

整個大廳有一百多張賭桌，由於荷官不足，所有工作人員全都動員，無論是櫃台人員還是服務生，全都來充當荷官，協助賭客。

場面從肅殺變得熱絡，所有人臉上滿是感激的笑容和淚水。

但此時站在高額獎金區的林慕卻遲遲未動。

徐斌率領胡三一行人正要前往一號賭桌，發現林慕沒有動作，徐斌皺起了眉。

林慕身懷八十億，現在是全場最重要的人物，如果他不快點動作，很多人都將拿不到籌碼。

服務生也覺得奇怪地推了推林慕，「大哥？怎麼了？」

林慕直視徐斌，眼神毫不猶豫，用著漂亮的唇說道：「我爲什麼要給？」

全場的人都愣住了。

徐斌看見林慕眼底沒有絲毫笑意，不是開玩笑，更不是鬧情緒，他是認眞的。

胡三不敢置信地道：「你在說什麼啊？現在是顧錢的時候嗎？而且副組長剛才不是親口說了，事成以後一定會把錢還給我們所有人？」

徐斌心想，或許林慕是擔心口說無憑，正想提出不如簽約，又聽林慕說出另一個問句，黑白分明的眼眸中沒有絲毫躲藏，就像發自內心地不解：「我爲什麼必須幫助他們？這是我賭命換來的，也沒有人幫我啊。」

林慕的話讓所有人都沉默，但看著他平靜的眼神，又莫名讓人發冷。

胡三忍不住說：「小子，現在是計較這些的時候嗎？是一千多條人命啊！」

林慕面無波瀾，坐回沙發椅，修長的雙腿交疊，手指擱在腿上，「當初他們不想承擔風險，硬要守著這些錢，是他們的愚蠢害了自己，爲什麼後果是我要承擔？」

即使林慕容貌再美，此刻眾人也無心欣賞，只覺得遍體生寒。

儘管他的話沒錯，卻異常冷酷，而且即使時限迫在眉睫，他的舉手投足依然慢條斯理，毫不擔心這一秒的拖延可能就會讓上千人送命。

沒人理解林慕，只覺得他冷血得可怕，而此時林慕心想：他已經明白眞正的關卡了。

成爲第一名，才能得到「地獄商城」這個獎勵。但如果所有人的財產都要平分，誰也得不到第一名。

的確，錢可以要回來，可如果他想救所有人，就等於要放棄進入地獄商城的機會。他發過誓一定會進入地獄商城、接近系統，甚至爲此三番兩次差點沒命，才一步步爬到第一名，遊戲卻在最後惡意逼他自願放棄。

原來如此，這就是他要面對的最大難題，這該死的遊戲果眞非常了解他。

林慕想到了李眞，想到這個系統派來待在他身邊的間諜，不知李眞就是系統本尊還是受到指使。是他給了李眞機會，才讓遊戲想到這樣的陰招，這是他必須承擔的後果。

林慕先是噗嗤一聲，接著忽然仰天大笑，讓所有人更加不寒而慄，「哈、哈哈哈！」他笑著笑著，漸漸斂起笑意。

不，他絕對不會讓這個鬼遊戲得逞，這些人不是他害的，害死他們的是不思進取和坐以待斃。

林慕不知不覺咬緊牙關，雙手握拳，冷漠中挾帶怒火地瞥向面露詫愕的錢幣組幹部們。這些人，包括徐斌，之所以可以輕輕鬆鬆捨棄籌碼，是因爲他們本來就是人上人。平常享盡榮華富貴，擁有最好的待遇，還有百億財產，這些施捨對他們來說根本無傷大雅，還能換來眾人的景仰與美名。

但自己不同，自己擁有的很少，且每樣東西都是拚盡全力才能得到，這是他拚命得來的成果，爲什麼必須放棄？

沒人懂他的心境，看到的只是表面的無情，但他早已不介意。

面對林慕不明所以的大笑，錢幣組幹部們面面相覷，胡三最先反應過來，原本打算動手強行帶走林慕，卻被徐斌以眼神制止。

令人出乎意料地，服務生開口說話了——「大哥，你很痛苦嗎？」

服務生眨著眼，純眞的眼神看著林慕。

林慕眉頭一蹙，盯著服務生。

「你不須要逞強，也不須要對那些人的性命負責。」一向正義感十足、經常做出不經大腦發言的服務生，竟意外地沒有勸林慕，甚至反過來安慰。

「我沒打算對他們負責。」林慕冷冷地說。

「你現在這麼痛苦，就是因爲在你心裡，已經把他們的死歸咎在自己身上。」服務生毫不留情地反駁。

被說破內心深處不願承認的事，林慕冷哼一聲，「閉嘴，不要胡說八道。」

「應該還有其他解法吧？明明你也知道呢。」服務生笑了下，說完便轉向副組長，一直不敢面對徐斌的他頭一次直視對方，眼神清明地說：「大哥一直想成爲第一名，他眞的很努力，讓他成爲第一名好嗎？多出來的籌碼，就用我的小指來換。」

林慕瞳孔一震，猛地看向服務生。

徐斌不發一語，回視服務生清澈的雙眼。他沒想過還有這個方法，既能讓林慕維持第一名，也能拯救所有人。

徐斌靜默片刻，面向林慕，坦然道：「以你的身分，能走到第一名應該不容易，是我疏忽了。多出來的籌碼就用我的小指來抵押，胡三，帶他走，時間不多。」通情達理，也不容二話。

林慕的內心受到不小震撼。

確實如服務生所說，他曾想過這個方法，但誰願意捨棄自己的器官去換籌碼？然而他沒想到徐斌居然願意犧牲自己的手指。在他眼中，這些權貴只會捨棄無關緊要的東西，保障自己的利益，但現在爲了他和那些人的命，居然願意捨棄小指？

林慕活了十多年，這是第二次遇到難以理解的事，第一次是服務生爲了他賭命兌換籌碼。

既然有人自願犧牲，林慕也沒有繼續堅持的理由，用一根小指換一千人的命，聽起來的確是划算的買賣，只是他沒料到眞的有人如此「大愛」。

林慕皺眉陷入沉思，多年來對於人性的認知出現一絲裂痕，讓他有些茫然和想不透，默默地跟著胡三走了。

所有人都走了以後，徐斌冷冷地注視服務生，開口道：「你是誰？不要隨便動他的手指。」

服務生沒有說話，詭異地揚起一抹笑容，突然兩眼一翻，失去意識，向後軟倒。徐斌下意識接住了他，面對這個惱人的小傢伙，他遲疑了下要不要鬆手，最後還是緊緊抓住。

15 最廉價的酬勞

林慕離開高額獎金區，來到大廳，看著賭桌前絡繹不絕的人潮，以及每個人賭博完後臉上的感激與焦急的汗水，不由得覺得有些好笑。

這些人自己愛賭，卻無法承擔後果，還要靠別人解決，眞是可笑。

林慕很快來到賭桌，新賭桌玩法是：每個人須要出示手機讓荷官確認今晚帳戶的進出記錄，以便於分配籌碼。

林慕因沒有手機而不須檢查，這點副組長已提前告知荷官。

送錢的賭局開始，林慕一次下注七十幾億，開口時還難得地抖了一下，看著送出去的錢箱，簡直椎心之痛，比生大病還難受。

不然還是算了吧？我的錢啊！該死，誰想出這個辦法的？

其實想出這個方法的不只錢幣組，還有林慕自己。

林慕怕再看下去會反悔，賭完轉身就走，靠在柱子邊生無可戀地望著大廳的人群。人群中有男有女，大多年輕人，甚至有的還不到五歲。

他雙眼一瞇，這些小孩怎麼進來這裡的？總不可能是自願的吧。

林慕內心有一絲波瀾，但很快隱藏起來。

賭局井然有序地進行著，有了副組長的命令，原本群龍無首的人們全凝聚在一起，有的人負責指揮，有的人接受指令，意外地控制了理應動亂的場面。林慕哼笑一聲，看來那個副組長之位也不是毫無用處。

「那麼厲害的人物，居然要爲你斷小指。」胡三不滿的聲音從一旁傳來，林慕懶得理他，看也沒看他一眼。

胡三重重嘆了口氣，「不過，說實話，如果不是那個小服務生講了那些話，我可能也沒想到這點。小子你渾身帶刺，這輩子多半沒遇到多少好事吧？也難怪養成這種性子。」

「看你那麼冷漠，就知道受過很多傷害，大概是拚死才爬到這裡。靠自己的力量沒有不對，老子一開始也跟你一樣大殺四方，但後來踢到鐵板，有幸遇到高手指引，才知道適當地互相幫助才能走得更長遠。你憑一隻腳也能跳到目的地，但用雙腳才能跑步，偶爾你也該試著相信別人。」

林慕面色毫無波動，心想：心情已經夠糟了，還要聽老頭碎碎唸。

胡三看著一臉沒在聽的林慕，「你很清楚，我們幾個要把你強押過來沒多難，是那個小服務生幫了你。」

林慕這才有反應，「別以爲我不知道，你們沒辦法強迫我下注，就算對我使用酷刑，我死也不會鬆口。」

胡三捣住臉，毫不懷疑林慕能做到，心想到底怎麼生出的一個煞星。

胡三無奈，但又有一絲絲、幾不可見的同情，他想這個少年不過十來歲，到底是遇見了多少事，才會對人充滿不信任和高度防備？就像從來不曾擁有溫暖和愛一樣。

他揉了揉林慕的腦袋，「你的頭腦確實厲害，或許我也比不過你，但指引我的高手說過，上天之所以會給每個人不同的特長和短處，證明祂並不是想讓人一較高下，而是希望人們能用自己的特長去彌補他人的短處。同樣地，你幫了別人，也會有人幫你。」

林慕不滿地甩開他的手，「你的確是比不過我，都輸過了。」

胡三：「……」還是不要跟這小子說話了，說多了會折壽。

林慕也很生氣，從未有長者語重心長地和他說這些話，聽得他滿肚子惱火，又無法反駁對方的道理，只能憋著一口氣。

怎麼回事？他林慕什麼時候這麼憋屈，居然會被幾句無聊的話堵得說不出話。

林慕將注意力轉移到賭場中，打算欣賞所有人急得像熱鍋上的螞蟻、爭得你死我活的模樣來解悶，時間只剩下十五分鐘，還沒輪到的人應該都急了——

誰知道，轉頭一看，賭場上發生了神奇的變化，所有人團結一心，竟然開始自動自發地互讓。

「還有沒有老人和小孩？這邊的賭桌清空了，可以先來這邊！」

「行動不便的人可以就近選擇空桌，會有工作人員前去幫忙！」

「請大家不用擔心，還有十五分鐘，剩下三十人，時間綽綽有餘！」

林慕從不相信人性本善，生死關頭之際，人們一定會先顧自己的命，所以眼前的場景讓他備受震撼。

胡三看林慕的表情，摸了摸鼻子，唇角悄悄上揚。

一個男人牽著五歲的孩子來到空桌前，先是給荷官看了手機裡的籌碼數字，接著彎下腰問：「爸爸幫你下注好嗎？」

男孩怯生生點頭。

他們順利賭完，男人露出喜悅的笑容，牽著男孩準備離開。

這時，男孩開始哭鬧起來，「我不要玩了！我不要玩了！我要回家！」

男人明顯變得驚慌，不停叫男孩安靜，然而男孩控制不了，越哭越大聲，吸引了許多人的注意。男人被逼急了，竟突然大吼：「閉嘴！小心我揍死你！」說著就想把男孩強行拖離大廳。

語氣明顯不正常，有人狐疑地前來關心：「還好嗎？出什麼事了？」

「沒事、沒事，小孩子想睡覺，哭鬧而已。」男人急得滿頭大汗。

然而那人仍察覺到異狀，直截了當地問男孩：「小朋友，這是你的爸爸嗎？」

一針見血的問話直接點燃男孩的恐懼，男孩大哭：「爸爸——我要爸爸——嗚嗚嗚——」

答案顯而易見，這個男人根本不是男孩的爸爸。

眾人還沒反應過來，排行榜突然變了，男人的排名竄升到第一位，擁有兩億元。

男人高舉著兩支手機，喪心病狂地大笑：「哈哈哈！來不及了，都是我的了！」

時間剩下十二分鐘。

原來，男人假借男孩父親的身分，就是為了利用男孩的手機。

他將男孩的手機亮給荷官，但實際下注時用的是自己的手機，系統會自動將籌碼發放至下注的手機內，如此一來，兩億元和地獄商城的獎勵都是他的了。

他故意在最後的幾分鐘帶男孩上賭桌，這樣即使所有人注意到排行榜變動，時間也所剩無幾。原本他想躲起來，只是沒料到這個臭小鬼會突然哭鬧，引起其他人的注意，不過無所謂，接下來他只要抵死不從就行了。

男人逃跑失敗，被蜂擁而上的眾人壓制在地，但他依然死命地說：「我不會還！我絕對不會還！你們能拿我怎樣？怎樣啊？」

林慕靠在柱子上，雙手抱胸，一語不發地注視著男人。

人群中逐漸出現騷動，有人憤怒，覺得不公平，爲什麼這個男人可以第一名？也有人擔心男孩的命，難道就眼睜睜看那孩子去死？

副組長當時之所以規定一桌十人，就是爲了避免搶奪手機的情況發生，只要發生騷動，荷官可以及時察覺和制止，但誰都沒想到這個一開始就帶著孩子、拿著兩支手機的男人，竟然不是男孩的父親。

這個男人早在進賭場前就拐騙了孩子，利用孩子的籌碼賭博，只是沒想到後來遇上了特別活動，讓他動了歪腦筋決定加倍利用。

有人怒吼，砸破男人的頭，想用暴力逼他就範，場面頓時血流成河。

「憑什麼？憑什麼是你第一名，大家都乖乖遵守規則！」

「對啊、對啊！」

「工作人員！現在怎麼辦？憑什麼他可以第一名？快把他的錢收回去啊！」

工作人員一個個滿臉為難，如果客人堅持不下注，他們也無可奈何。

哦？林慕燃起了一點興趣，看那些人憤恨不平的表情，顯然也動過歪腦筋想搶錢，但沒機會行動，或者沒勇氣行動。

再看向死皮賴臉的男人，林慕露出燦爛的笑容。

對嘛，就是要有這些人渣才是人嘛。

林慕莞爾，覺得安心了。

男人被打得頭破血流，再打下去恐怕會出人命，打架的人被錢幣組制住，只能不甘願地瞪著男人。

錢幣組的用意原本是想保住所有人的命，但現在快要不只犧牲一個男孩的命了，再打死一個男人，就是兩條命。

時間剩下九分鐘。

正當錢幣組的成員們絞盡腦汁思考有沒有兩全其美的方法，或者迫不得已只能對男人嚴刑拷打時，志得意滿的男人大笑道：「你們這群傻子！第一名只能是我！地獄商城是我的了！」

林慕眉頭一挑，覺得這句話異常刺耳。

男人不在乎額頭上的血，還在得意洋洋地宣布，等他到了地獄商城要怎麼利用，還要把所有人踩在腳下……

男孩被血腥的場景嚇著，哇哇大哭起來，男人不再隱藏，一腳將男孩踹開，「吵死了！廢物！」

男孩滾到了林慕腳邊，臉正好碰到他的腳，鼻血流到他的鞋尖上，有人注意到這一幕，想跑過來幫助男孩，但看見林慕站在那裡，頓時倒抽一口氣，懼怕地躊躇不前。

畢竟剛才整個賭場的人都看見了，這個人就是一個活閻王，誰都不放在眼裡。

林慕垂眸瞧了男孩一眼，用鞋尖摩擦地毯，把血跡擦去，這個動作讓眾人更害怕了。怎麼會有這麼冷血的人！

林慕對男孩說了句：「自己站起來。記住，被人渣騙了一次，就不要再被騙第二次。」

男人還在滔滔不絕地嘲諷所有人，即使被錢幣組五花大綁綁在椅子上，依然裝腔作勢，企圖掩蓋自己的緊張。

再七分鐘……只要再撐七分鐘！

這時，他的面前出現一道陰影，男人抬頭一看，看見這輩子見過最美的、如黑曜石般漆黑又奪目的一雙眼眸，但，隨之而來的是無邊無際的恐懼。

那雙眼睛像黑洞一樣懾人，對方手裡的叉子散發著森冷的銀光。

「你知道嗎？用器官兌換籌碼，有一個BUG。」林慕笑著說。

「什、什麼？」男人惶惶不安地盯著林慕，他想起來了，這個人是剛才賭桌上震撼全場的惡魔，連金龍的手都敢刺。

「雖然器官兌換必須出於當事人自願，但如果我把它叉出來，放到我的口袋裡，那不就是我的東西了嗎？」林慕笑著，叉子對準了男人的眼睛，雙眼滿是光芒，彷彿面前的是屬於自己的金銀財寶，「讓我來看看，你的兩顆眼珠可以換多少錢呢？」

沒有等男人回答，眼看叉子就要戳進眼球——男人放聲尖叫，嚇尿了褲子，不停地搖頭大叫：「我有錢、我有錢！都給你！不要！不要過來！」

在灼熱的目光之下，男人顫抖地再次上了賭桌，把多出來的錢都輸給了林慕。

林慕心想：就這種貨色還敢爭第一？說有BUG不過是嚇唬人的，如果真的可以透過殺人來奪得籌碼，那第一層大概沒剩幾個活人了。

林慕看著排行榜上自己的名字又重新回到了第一位，於是收起叉子，走回柱子邊，看著已經站起來、一臉傻愣愣的男孩，重重嘆了口氣，「手機拿來。」他沒好氣地說。

眾人有些驚訝，這個人……難道是想幫那個孩子？

林慕在孩子的同意之下進行下注，很快雙方的餘額都回歸一億元整，他把手機扔回給男孩，說道：「聽好了，今天是你運氣好，以後沒有……」

「謝謝大哥哥！」男孩接過手機，露出無比燦爛的笑容，撲上去抱住了林慕。

突如其來的溫暖讓林慕呆了呆，來不及閃躲。

男孩抱得很緊，緊得讓他發疼，他立刻推開對方，心想：自己只是看不順眼有人自稱第一名罷了，搞了這麼多麻煩，以爲說句謝謝就能打發他嗎？哼！

還沒開口嘲諷，耳邊先響起一陣掌聲，接著越來越多掌聲響徹整個賭場。

「帥啊！」

「做得好！太棒了！」

「好啊！成功了！」

林慕訝異地看著眾人臉上的笑容與興奮神情，歡呼與口哨聲此起彼落，欣賞的目光全都聚集到了他身上。

此時排行榜也全部變成了統一的數字，所有人都是一億籌碼，他們成功了。

巨大的成功與劫後餘生的喜悅使得眾人更加亢奮，他們互相鼓勵和擁抱，甚至有好幾個人撲過來抱住林慕，把他推進了人群中央。

這輩子從沒有享受過這種待遇的林慕先是渾身僵硬，接著才回過神來發現自己怎麼會被人順水推舟帶到這裡。他猛地推開人海，即使如此，眾人臉上依舊充滿笑容。

林慕哼了一聲，說道：「道謝是最廉價的酬勞！」

接著他滿臉不爽地走開，耳根子卻有點紅。

♠

時間剩下四分鐘，林慕走到賭場櫃台，徐斌早已在那裡等候。

他會依照約定用小指兌換籌碼給林慕。

林慕冷冷說道：「你以爲我會相信空口白話嗎？難道你說要換給我，我就相信你會換？」

徐斌皺眉，「我沒騙你。」說著就要向櫃台開口，卻又聽見林慕說：「我從來不相信你會換。」

徐斌原本覺得對方故意挑釁，但仔細一想，罕見地訝然看向林慕。

他明白了林慕的意思。

意思是，打從一開始林慕就不相信他會換小指，然而依舊交出了籌碼。現在林慕告訴他這些，就是要間接告訴他，不用換，反正本來就不期待。

林慕此時心裡也翻起滔天巨浪。瘋了嗎？為什麼這麼傻？本來就該是他的東西，居然不拿……唉，不該認識這些人，跟傻子在一起，腦袋都不清楚了。該死的地獄商城，徐斌這傢伙最好交代清楚當初是怎麼去的，讓他也能去，不然他會讓大家都不好過……

徐斌總覺得林慕在罵自己，可沒有證據，只能挑眉看他。

林慕黑著臉，顯然有很多話想說，不過一個字也沒說，今晚他一直莫名憋屈。

徐斌驀然失笑。這抹笑容讓櫃台經理都嚇傻了，副組長這位萬年冰山居然笑了！他還是第二次聽聞！第一次是聽說副組長戀愛的時候，據說天天都在笑，但因為聽起來實在離譜，所以只是謠言。

徐斌收斂笑意，鄭重地對林慕說道：「以後如果有需要幫忙的地方，錢幣組一定鼎力相助。」

林慕呵了一聲，「當然，不然想白嫖嗎？」

徐斌：「……」

時間剩下三十秒，所有人等待著活動結束。

林慕閉著眼按太陽穴，不忍看辛苦得來的機會毀於一旦，又要重新開始。離入學典禮都過幾天了啊？他錯過的數學課、英語課、物理化學課……林慕一想到就悲從中來，比拿走他的錢還痛苦。

這時，忽然有人把一疊實體籌碼推到他面前，對著櫃台說：「我要把這些都給他。」

林慕愣怔地看著面前的籌碼，幾秒後，一道悅耳旋律響起，久未聽聞的AI再次透過廣播發出了歡快的聲音——

「叮咚！特別活動結束，在此宣布本活動排行第一名的MVP玩家，讓我們恭喜『林慕』！總金額是一億零五十萬元！」

林慕將視線從籌碼上移開，看向臉上纏滿繃帶的女人，想起對方是被他打暈的金龍奴隸。他以爲奴隸們都跑了，看來這女人昏迷被工作人員抬走後，就暫時留在休息室休息。

女人醒來後，沒料到自己還活著，想到有機會再回家見到年邁的母親便熱淚盈眶。當時她被砸暈得太過突然，並不清楚發生什麼事，後來才透過工作人員得知是林慕救了自己。

「我用子宮換的籌碼，不用擔心，我早就不孕了。我以前懷過那個混帳的孩子，流產後就不能生育了，我曾經很厭惡這個沒用的身體，但現在它能幫助到你，一切都值得了。謝謝你救了我。」女人深深一鞠躬，努力擠出笑容，臉上依舊淚流滿面。

林慕的身體僵了下，轉開臉，不想讓任何人看見自己的表情。

你幫了別人，也會有人幫你——胡三說的這句話，似乎得到了印證。

林慕有一刹那忽然覺得，或許自己身上堆積如山的缺憾，會有另一個人來補足。

系統再次發話：「即刻開啓獎勵——將玩家林慕傳送至地獄商城！」

尾聲

前一秒林慕人還在賭場大廳，下一秒耳邊的喧鬧消失，眨眼間來到一座純黑的空間。空間是正方形的格局，地板、四周的牆面和天花板全都布滿了線路，散發出金色的亮光。

接著，一道機械感的客服嗓音響起：「尊貴的客人您好，歡迎來到地獄商城，請在十分鐘內選擇好您要的商品，十分鐘後將會自動斷線。」

這道聲音和剛才的AI女聲不同，聽起來是個男性。

大名鼎鼎的地獄商城，竟然只是個不到十坪的空間，裡頭除了線路以外空無一物。

林慕黑著臉，心想：他不期待這該死的遊戲眞的會給什麼好獎勵，也有預感不可能這麼簡單離開遊戲，但該不會他費了好一番工夫，就只給他看到這個連裝潢都沒有的破空間吧??

林慕摸著牆上的線路，冷哼一聲，「說什麼首富才能進入的地獄商城，居然連個接待人員和商品都沒有，只有幾條破線路，你們是在耍我嗎?」

「這位客人，只要您開口，我們地獄商城應有盡有。」

「那好，叫系統滾出來。」林慕直接表明來意。

「系統就是我們的神，祂無所不在，只要您心中有系統，祂便陪伴在您身邊。」

「……」說什麼幹話？林慕皺眉。要不是這裡連張桌子都沒有，他早就已經砸店，「來這裡的人不是都見過系統嗎？難道他怕見到我？」

客服置若罔聞，自顧自地介紹著：「為您說明本商店幾點規則：一，不得影響遊戲營運，例如終止遊戲、關閉系統等。二，不得越級干涉系統，例如更動關卡、詢問系統內部消息等。三，不能購買超出您籌碼一億零五十萬元的商品，以下是為您量身打造的商品價目表，請您過目。」

客服說完，林慕面前平空出現一面半透明螢幕，右上角是他的存款，總計一億零五十萬元，第一行字寫著使用說明，表示點選螢幕即可換取商品，而底下只列出了兩樣商品——

回答任何一個問題：一億元整

實現一個實際的願望（例如換回您的左手）：五千萬元整

林慕氣極，雖知道系統針對自己，不可能輕易出現，但他沒想到離不開遊戲就算了，就連跟系統無關的願望都是天價。回答一個問題竟然要一億元？這是什麼黑店！不，光憑進店以前畫大餅說什麼都可以實現，進來後一堆限制，就知道是黑店的起手式。

林慕對於那些限制毫不意外，他當然知道不可能在地獄商城直接把系統的老巢掀了，畢竟這裡是他的地盤，只是原本以爲至少能見到系統，看來那混蛋刻意不想見他。

時間只有十分鐘，林慕知道不能光用來發火或打嘴炮，這樣便正中系統下懷。

他得善用這個機會做出選擇。

林慕掏出魔術方塊，一面把玩，一面打量自己左手的義肢。

系統提供這兩個選項的意圖顯而易見——如果他選擇換回自己的左手，就不能問問題，兩個選項他只能二選一。

乍看之下選擇「實現一個實際的願望」肯定更划算，以他的籌碼還能換到兩個，而且問問題並不能提出會讓系統感到威脅的提問……

林慕僅思索片刻便做出選擇，他伸手按下兌換，選擇「回答任何一個問題」。

客服靜默無聲。

見沒有任何反應，林慕又按了兩下。

怎麼回事？這鬼商店還會當機？

客服終於發話：「你為什麼不選換回左手？問問題有什麼意思？而且只能問一個，你能得到什麼解答？」

林慕呵一聲，「你想知道我爲什麼會選這個？」

客服：「嗯。」

林慕：「回答一個問題一億元。」

客服：「……」

林慕盯著自己右上角的存款，「少廢話，快幫我換。」

沒多久，他的存款以肉眼可見的速度快速地減少，扣到剩下五千零五十萬元時，忽然停止。

林慕感覺左手一陣發癢，撓了撓，而後一愣。等等，他的左手怎麼會有知覺……低頭一看，再動了動手臂——他的左手竟然回來了！

此時，螢幕中「回答任何一個問題」的選項變成了灰色，不能再做選擇。

這個、該死的客服、是擅自、幫他換了左手嗎？

林慕不敢置信地瞠大眼，氣得渾身發抖，咬牙切齒地道：「你……」

沒想到客服比他更先鬧了起來，「不要啦、我不要啦，你不要把左手送給系統嘛！要給也是給我呀！」

林慕頓住。

這個讓人太陽穴發疼的語氣……「李、眞。」

「慕慕，我好想你唷。」客服……或者該說李眞，還不知道自己犯下了什麼滔天大罪，還在撒嬌著。

林慕沒有心情吐槽他們才分開不到幾小時，他現在氣得說不出話，閉著眼好不容易才從牙縫中擠出三個字：「滾出來。」

不久之前，他因爲受到背叛而怒急攻心叫李眞滾開，但現在冷靜想想，他那時不該趕走李眞，應該要把對方留下，儘可能探聽系統的底細，畢竟李眞權限之大，肯定是最接近系統的玩家。

他不知道自己當時爲何會如此衝動，明明李眞的出現打從一開始就相當可疑，他早該有預料才對，卻從來沒有懷疑，甚至默許對方待在自己身邊。

林慕心想，他從來不曾對任何人如此沒有戒心，肯定是李眞操控了他的大腦。

「來了，慕慕。」

一道身影漸漸在林慕面前浮現，但出乎意料的是——眼前的男人沒有與林慕相同的臉，而是有著一頭顏色鮮豔、兩側削短的俐落紅髮，一雙濃眉，以及含笑的燦金色眼眸，挺拔的鼻梁和唇角微勾的薄唇，融合成一張和林慕的氣質截然不同、俊俏且英氣十足的面容。

高大挺拔的身影從雜訊化爲實體，最後成爲活人站在林慕面前。

林慕直視著這個人，愣了足足五秒，緊接著後腦勺突地傳來尖銳刺痛，他痛苦地「嘶」了一聲，記憶中在學校和鄰桌交談的畫面和這個模樣交錯在一起，無數的對白吵得他頭痛不已，他再次確信，李眞肯定和他的記憶錯亂有關，這傢伙到底對他的腦袋做了什麼！

李眞渾然未覺林慕的痛苦，一見到林慕便笑開懷，露出了虎牙，「慕……」

李眞話還沒來得及說完，便看見林慕緊閉著眼、咬牙硬撐著發疼的腦袋，艱難地道：

「你就是系統？」

李眞頓下了原本要撲過去的動作，不解地歪頭：「我不知道你在說什麼。」

林慕嚥了口唾沫，忍耐著直到頭疼緩解，右手悄悄伸進口袋中，握緊從賭場裡帶來的小叉子，「這也是故意的吧？引誘我來地獄商城。」

李眞沒有回覆，表情無辜得像個無知的孩子。

「別裝了，你一點都不單純天眞。」

「唔，你這樣說我會傷心的，慕慕，在你面前我永遠都是你最可愛的眞眞哦。」

「……」從來沒有覺得可愛過。

林慕打死不信李眞一無所知，從混沌的思緒中勉強睜開眼，目光灼灼地盯著李眞：「你好幾次在我面前提起地獄商城，包括買下我的臉又刻意讓我看見，還特意舉辦臨時活動，提出地獄商城的獎勵……這一切絕對不可能是巧合，你的目的就是引誘我來這裡。」

面對林慕的質問，李眞的頭換歪向另一邊，然後突然想起什麼似地，快速翻看手裡的《地獄商城智慧客服手冊》，找到關於「疑難雜症」的那一頁，照本宣科地道：「這位客人，很抱歉，我不明白您的意思，有任何疑問請提出有效的關鍵字，智慧客服將會爲您解答。」

林慕：「……」

見林慕一臉無語，李眞解釋道：「你的問題我沒辦法回答，我也是第一次被要求當地獄商城的客服，他們要唸的廢話好多，你看，這麼厚一本耶。」他嫌惡地晃了晃手裡的冊子。

林慕同意廢話很多那句，聽李眞還在喋喋不休地抱怨，他不禁心想：難道他眞的不是系統，只是其中的工作人員？

「別廢話了，看著我。」林慕捧住李眞的臉，強迫對方看向自己，霎時兩人都有些愣住了，這一幕似曾相識。

李眞迷茫的眼神出現一瞬清明，像是終於看清了林慕的臉，表情有絲恍然大悟。他斂起誇張的笑容，一會後，重新綻開了微笑。

「哦，我想起來了，找你來的人確實是我沒錯。」李眞說道。

林慕沒想到李眞會忽然承認，前後態度的變化讓他狐疑地看著對方。李眞繼續道：「你猜的沒錯，賭場的活動是我安排的，希望你來地獄商城的也是我——不過，很抱歉，我也是玩家。」

李眞態度誠懇，條理分明地說明，反而更讓林慕心生疑竇，「你到底是……」

李眞忽然用食指按住林慕的唇瓣，「噓，別問任何問題，你問了，我就不能回答了。」

什麼意思？

林慕順著李眞的視線瞟到螢幕，很快意識到一點——在地獄商城裡，「問問題」是商品，須要付費購買，如果他主動開口問了，李眞反而無法回答。剛才李眞直接說自己是玩家，並沒有正面回答自己是否爲系統也是爲了規避這一點。

李眞說：「地獄商城是遊戲裡唯一的全自動化空間，不受系統管轄，我們在這裡的談話不會被任何人聽見。」

林慕明白了，這就是李眞誘導自己來這裡的原因，他有話想告訴自己。

基於李眞知道更多關於系統的線索，林慕雖然不再輕信對方，但仍勉強耐住性子，打算先聽對方想說什麼，再決定下一步怎麼做。

李眞摟住林慕的腰，林慕不悅地反抗，卻反而被困得更緊。李眞湊向他耳邊說：「時間不多，趁我還清醒，先聽我說。」

清醒？李眞不明所以的話，讓林慕暫時停下掙扎。

「首先，你要找的系統，眞的是一個人，或者說一個機構。」

開頭便是一句震撼彈，自己的預想成了事實，林慕有成千上萬的問題想問，但現在他什麼也不能問。

「我並不確定那些人是誰，因爲我的記憶很模糊，不過我記得自己有找到方法逃出去，但不知爲何沒有成功，還失去了記憶。等我回過神，已經在遊戲待了好幾年，後來我才知道這幾年我瘋了，變成人人口中的怪物。」

林慕皺眉，立刻追問：「你找到了方法？怎麼找到的？」

李眞搖頭，「不記得了。不過，即使我瘋了，似乎也沒有放棄逃出去，還毀了一層關卡。於是，系統找上我。」李眞勾起一抹笑，眼裡明明盈滿笑意，卻讓人感到一絲森冷，「系統說，只要我聽話，就讓我操縱玩家、控制關卡，成爲遊戲裡的主宰。」

這一刻林慕終於知道李眞強大的由來，不過，他非但不嫉妒，反而想笑。如果李眞足以動搖系統，讓系統主動求和，那系統提出的「利益」只不過換了另一種方式讓他乖乖留下來罷了，這傢伙就這樣上當了？

李眞看出林慕眼中的鄙視，他撫上林慕的臉，拇指撫過臉頰，「我知道，我只是假裝接受。我本來打算利用系統給的權力鋪路，找回離開遊戲的方法，不過，我不常保持清醒，變成瘋子的那個我似乎很享受這個無法無天的世界，再加上系統的監控，他們老是在我腦海裡嘰嘰喳喳，企圖把我逼瘋……」

二十四小時不間斷地聽見有人對自己說話，確實足以將一個正常人逼成瘋子。

李眞手勁變強，林慕吃痛地皺眉，李眞放鬆了些許力道，漫不經心地說了句抱歉，依然牢牢箝住林慕的臉。

「我甚至開始懷疑，這一切該不會只是我的幻想，他們是醫生，把我困在想像世界裡，因爲我有精神病……直到你出現，我才知道並非如此。」

李眞望進林慕的眼眸，金色的瞳孔裡寫滿迷戀，他喉嚨乾澀，喉結滾動，「我第一次看到你的臉，是在地獄商城上架的新商品。你的樣子，我從沒想過會有這麼美的人，這讓我知道一切都不是想像，因爲我想像不出你。」

他凝視著林慕被迫仰起的脖子，誘人的頸線、惹人遐想的鎖骨和單薄衣衫，種種一切都在挑戰他的理智，尤其是那高冷的眼神，每次直勾勾注視著自己時，都讓他下腹一陣熱意。

李眞低頭靠在林慕肩窩，忍耐似地閉起眼睛，深深吸進一口氣，「這是第一次，我和那個瘋子達成了一致……我想要你。」

「林慕，我找上你沒有其他目的，只是因爲想要你。」

頸部傳來炙熱的喘息，林慕頓感不妙，覺得這傢伙又要發瘋，冷冰冰地打斷：「你說夠了嗎？滾開，我只屬於我自己。」

李眞的眼神閃過一絲癲狂，他甩了甩頭，才勉強維持清醒。

見李眞情況不對，林慕蹙眉，往後退了幾步。李眞察覺他的閃躲，向前逼近，直到林慕的背靠到牆上，再也無路可退。

李眞一手抵住牆，另一手摀住臉，他臉色潮紅，指縫間露出一雙滿是慾望的眼睛，「別逃……我不能保證不傷害你，但你逃的話，我怕控制不住自己。」

什麼叫不能保證不傷害人？控制不住又是怎樣？林慕恨不得往這個瘋子的腦袋開兩槍。

林慕想遠離，李眞眸光一沉，額頭靠上他的額頭，兩人距離近得鼻尖碰鼻尖，宛如接吻前一刻。

然而實際上並不浪漫，林慕的叉子已經抵住李眞的腹部，隨時都能捅穿一個洞。

林慕深知自己打不過李眞，一面快速思考如何脫身，一面嘲諷：「你的故事很精彩，但我憑什麼相信你？」

李眞說的這些似乎都有理有據，但他有過要自己的前例，加上可以隨便操控別人大腦，例如現在，自己明明想撕碎李眞，實際上卻沒動手。

林慕不是第一次面對打不過的人，大可以和對方同歸於盡，然而只要看見李眞的眼睛，他竟然就下不了手，這種詭異的情況，唯一的解釋就是自己受到了控制。

「慕慕，答案很簡單，你對我的容忍已經說明了一切。」李眞說。

發覺自己的想法被聽見，林慕更加惱怒，「那是因爲你控制我！我恨……」最後一個「你」字沒能說完，李眞就俯身吻住了他，剩下的話全被含在嘴裡。

林慕瞠目，火熱的舌尖攪亂了他所有思緒，但當他逃避，換來的卻是更強勢的壓制，李眞的氣息徑直入侵他的身體，與他唇舌交纏，耳邊充斥兩人的粗喘，唇邊流下唾沫，漫長又急驟的吻奪走了他的呼吸。

這一吻持續了很久，久得他差點斷氣，李眞才終於鬆手。

李眞斂眸，用舌尖舔去唇邊的水漬，眸中沒有半點笑意，只有宣洩不全的慾望，「我提醒過了，別逃，我控制不住那個瘋子。」

林慕覺得自己不該多想，他要殺了這個人，大不了一起死。

在林慕付諸行動之前，李眞又說：「你還沒想通嗎？」

林慕皺眉，「想通什麼？」

「系統只能刪除部分記憶，不能捏造，否則早就能改變你的大腦，讓你聽話。」

「……」李眞說的沒錯，目前系統的做法都是讓人記憶出現斷層，包括那些玩家也是，他們都忘記了「死前」的部分記憶，直到被提起才發覺不對勁。如果系統能夠直接竄改記憶，根本沒必要讓記憶出現斷層，給玩家恢復記憶的可能。

「林慕，你說過問你問題要給一億元？我給。」

兩人面前的螢幕上，林慕的存款正在快速增加，李眞不是開玩笑，而是認眞的。

李眞問道：「下一次考試要比什麼？贏的人可以和對方出去玩。」

此話一出，林慕瞬間愣住。

曾經出現在腦海中的記憶碎片迅速拼湊在一起，不光是這句話他很熟悉，說出這句話的人的語氣……他更熟悉！

剎那間，林慕腦中那些紛雜的畫面迅速重合，他想起自己收到高中的入學通知單，想起自己順利踏入高中校門，想起自己在畢業典禮上領獎，擔任畢業生代表致詞，想起自己收到大學名校的邀請函，最後，想起了那個和自己在圖書館裡念書的人，用著模糊的臉孔，笑著對他說：「下一次考試要跟我比一場嗎？贏的人可以和對方一起出去玩。」也想起自己當時的回答——「嗯，你贏了，要去哪？」

記憶最終斷在這裡。

林慕備受震撼，原本的憤怒彷彿被淋上一桶冰水，不僅瞬間熄滅，還讓他冷得顫抖。

他對李眞完全沒有印象，可是他想起了李眞的聲音。

還想起了自己並沒有死在校門，自己明明上了大學，那些美好的課程，他怎麼會忘記？

而且，自己居然不是孤身一人……

林慕內心相當動搖，他雖然恢復部分記憶，但這些片段顚覆了他一直以來的認知，陌生得像是別人的記憶，他無法理解自己爲何會和一個人如此親近，因此更加混亂。

李眞早已預期到他的反應，欣慰他終於恢復一些記憶的同時，也表示理解：「我是在浴室碰了你之後才想起來的，不過那時我瘋了，是清醒時才確認我們眞的認識。當時我也懷疑過自己的記憶，不過想起我對你的臉一見發情，看來那些記憶是眞的。」

「……」你的成語是不是用錯了？

林慕深呼吸幾次，漸漸讓自己冷靜。

既然李眞和他有關聯，那麼有件事特別矛盾——系統刪除他們的記憶，爲什麼又要在地獄商城上架他的臉，讓李眞看見？

雖然恢復了部分記憶，但問題反而更多了，這讓林慕相當頭疼。

首先，他們到底是什麼關係？

他們爲什麼會被帶進遊戲？

爲什麼李眞和自己進入遊戲的時間會有好幾年的差距？

李眞是怎麼找到離開的辦法？

林慕心想，這種種的一切或許都必須等到李眞或自己完全恢復記憶才能知曉，李眞當年很可能已經找到了如何離開遊戲的眞相，否則系統沒必要把他逼瘋，這也說明系統不能重新切斷記憶，一旦他們回想起來，系統就無法控制了。

不過，他並不是毫無收穫。

至少有一件困惑已久的問題，他已經知道答案了。

——爲什麼遊戲要逼他們闖關？

——因爲，系統不希望他們離開。服務生提過，越闖關記憶會越模糊，很顯然，遊戲就是透過這種手段，讓他們永遠不會去想如何離開，只知道不停闖關！

「別急，我知道系統困不了你太久。」李眞揉了揉林慕的腦袋。

林慕毫不留情地撥開李眞的手，絲毫沒有因爲記憶中他們似乎熟識而特別善待他，「記憶裡的你看起來很正常。」

他想知道李眞變成瘋子的過程，但礙於這裡不能隨意問問題，只能用肯定句。

李眞兩手一攤。

「我也不知道，某天突然就瘋了，有時醒過來會發現自己做了一些沒印象的事。」李眞拇指撫過下唇，眼睛瞟向一邊，呵了聲，「不過不討厭就是了。」

他露出了一臉打著壞主意的表情，令那個幼稚的瘋子和這個成熟的他融合成一體。

林慕發現，這樣的李眞好像也沒那麼討厭。

這時李眞突然停頓，像在聽什麼聲音。

「啊，商城自動發出提醒了，『時間剩下倒數一分鐘』。」

李眞的身影漸漸變得半透明，還有一些雜訊。

「可惜啊，慕慕，眞想知道我們的關係——雖然，我已經有答案了。」

林慕看向面前的螢幕，因爲李眞給了他一億元，所以「回答任何一個問題」的商品按鈕再次亮起。

但經過剛才的討論，林慕原本想問的問題已經不重要了。

林慕挑眉，挑釁地道：「你確定？」

說完，林慕不假思索地按下「回答任何一個問題」，一億籌碼迅速減少，他的目光沒有停留，轉頭和李眞對視道：「剛才那個吻，不是我跟這個混蛋第一次接吻，是嗎？」

李眞驀然一頓。

接著，他們面前的螢幕上，亮出了問題的解答。

李眞笑了，「慕慕，我贏了。」

螢幕上只有兩個字——

「正確。」

《叛逆玩家01》完

後續——

時間剩下倒數三十秒，地獄商城即將關閉。

此時，AI女聲再次在林慕的腦海中響起：「親愛的玩家，恭喜您突破《十層地獄遊戲》第一層關卡，請在進入關卡電梯後，使用虹膜辨識進入下一層關卡。」

地獄商城的牆面上驀然出現一道電梯門。

林慕並不著急，看著地獄商城的螢幕，不疾不徐地說：「我的存款還有五千多萬，還能換一次『實現一個實際的願望』？」

李眞點了點頭，臉上從剛才就止不住笑容。

林慕點擊螢幕，說道：「那麼實現吧，把這該死的地獄商城燒了，連你一起。」

林慕一點也沒忘記他的復仇清單。

敢賣他的臉，和敢碰他的人，他一個也不會放過。

李眞僵住笑容，好像聽見了什麼聲音，一會後，他露出饒富興味的表情，笑咪咪地道：

「你知道剛才商城說什麼嗎？它建議你把願望用來換取和我相親相愛的記憶。你居然能讓商城爲了求生，特地給出最佳提示？眞不愧是慕慕。」

林慕搖了搖頭，「抱歉，我對撿來的男朋友沒興趣，只想燒了這裡。」

李眞聞言大笑，「哈哈哈！不愧是慕慕，我也覺得把商城燒了更有意思！誰知道五千萬能換來多少記憶？不如燒了吧！」

李眞在腦中同意了林慕下單的願望。

一瞬間，濃煙四起，空氣變得無比炙熱，地面逐漸漫開火焰，李眞說：「慕慕，即使沒有恢復記憶，我還是對你這麼著迷，我一定很愛你。」

林慕在被火苗波及前踏進了電梯，由於復仇清單又少了一筆，心情大好，因此他大發慈悲地回覆：「謝謝，不需要。」

「你總是嘴硬，但還是不會眞的甩開我，去第二層等我，才親一次怎麼夠。」

「別過來，滾。」

「嗯！我也愛你哦。」

——後來，李眞在地獄商城裡被燒得焦黑，狠狠體驗了一把烤玉米的感受。日後李眞無數次感慨：「有仇必報的慕慕眞是太性感了，好想上啊。」

END☻

後記

嗨小冰棍們好～一陣子不見，最近好嗎？

很高興能在新作品和你們相見，無論是新加入的小冰棍，還是老夥伴小冰棍們，都很開心能見到你：）

這次的作品《叛逆玩家》因爲有在MOJOIN簽約連載，所以有些小冰棍應該不陌生，謝謝你們在連載期間不停敲碗出版實體書，才有了這本書的誕生，你們都是這部作品的幕後功臣！

來說說這次寫的CP。在寫林慕的過程非常痛快，雖然一路上一直有人找麻煩，但他總能一一打臉對方，這是我自己非常喜歡的部分哈哈（大概只有李眞是他又打又罵都沒用的，這點我也很喜歡哈哈～）

至於李眞，在第一集他的身分與過去還相對神祕，但很快第二集便會揭開，寫瘋狗李眞也是我的愛好之一，不過瘋狗似乎也有一段不爲人知的過去……

第一集是兩人相逢，第二集才是感情線正式開始。

這兩個人是天造地設的一對，儘管有時候相愛相殺，但有時又能互相扶持，每天都改變對方一些，這是我想表達的、看似激烈卻平凡的愛情。

在第一集中他們相遇，讓我想起一句話：「世上所有的相遇都是久別重逢。」

我們相遇並非湊巧，而是和命中註定的人重逢，無論是愛人或者朋友。

好比林慕和李真，好比我和你，所有相遇都是註定，現在這一刻就是最好的證明。

下次再見吧。

景

2024.10.24

叛逆玩家

//下集預告//

如果王位只能有一座，那必須是我的。

林慕突破了「十層地獄遊戲」的第一層關卡，
緊接開啓的第二層場景換成了校園。
在這裡，成績攸關生命，不及格被逐出校門就會死亡，
同時，所有人持有的撲克牌都將重洗。
「頑皮兔」李眞拿到了低階撲克牌，眾玩家蠢蠢欲動，
林慕卻隱隱感覺，事情沒那麼簡單……

「慕慕，你一點都不擔心我嗎？」
「擔心？你還需要人擔心？」
「不擔心的話，可是會吃大虧唷。」

♠♠

2025預計出版・mojoin 熱烈連載中！

國家圖書館出版品預行編目資料

叛逆玩家 / 花於景 著.
——初版. ——台北市：魔豆文化出版：蓋亞文化發行，2024.11
冊； 公分.（Fresh；FS231）
ISBN 978-626-7542-09-5（第1冊：平裝）
863.57 113015533

fresh FS231

叛逆玩家 01

作　　者　花於景
封面插畫　Misty系田
網路連載編輯　陳思涵

內頁插畫　艸肅Tsaosu
裝幀設計　高橋麵包
責任編輯　黃致雲
總 編 輯　黃致雲
發 行 人　陳常智
出 版 社　魔豆文化有限公司
發　　行　蓋亞文化有限公司
地址：台北市103承德路二段75巷35號1樓
電話：02-2558-5438　傳真：02-2558-5439
電子信箱：gaea@gaeabooks.com.tw
投稿信箱：editor@gaeabooks.com.tw
郵撥帳號 19769541　戶名：蓋亞文化有限公司
法律顧問　宇達經貿法律事務所
總 經 銷　聯合發行股份有限公司
地址：新北市新店區寶橋路二三五巷六弄六號二樓
電話：02-2917-8022　傳真：02-2915-6275
港澳地區　一代匯集
地址：九龍旺角塘尾道64號龍駒企業大廈10樓B&D室
電話：+852-2783-8102　傳真：+852-2396-0050
初版一刷　2024年 11月
定　　價　新台幣 320 元
Published and printed in Taiwan

ISBN 978-626-7542-09-5

FS231

叛逆玩家 01

魔豆文化　讀者迴響

感謝您在茫茫書海中選擇了魔豆，您的支持是我們最大的動力。
不要缺席喔，讓我們一起乘著夢想的羽翼，穿越時空遨遊天地！

姓名：　　性別：□男□女　　出生日期：　年　月　日
聯絡電話：　　手機：
學歷：□小學□國中□高中□大學□研究所　　職業：
E-mail：　　（請正確填寫）
通訊地址：□□□
本書購自：　　縣市　　書店
何處得知本書消息：□逛書店□親友推薦□DM廣告□網路□雜誌報導
是否購買過魔豆其他書籍：□是，書名：　　□否，首次購買
購買本書的動機是：□封面很吸引人□書名取得很讚□喜歡作者□價格便宜□其他
是否參加過魔豆所舉辦的活動： □有，參加過　　場　　□無，因爲
喜歡出版社製作什麼樣的贈品： □書卡□文具用品□衣服□作者簽名□海報□無所謂□其他：
您對本書的意見： ◎內容／□滿意□尚可□待改進　　◎編輯／□滿意□尚可□待改進 ◎封面設計／□滿意□尚可□待改進　　◎定價／□滿意□尚可□待改進
推薦好友，讓他們一起分享出版訊息，享有購書優惠 1.姓名：　　e-mail： 2.姓名：　　e-mail：
其他建議：

廣告回信　郵資免付
台北郵局登記證
台北廣字第00675號

TO：魔豆文化有限公司　收

103 台北市承德路二段75巷35號1樓

魔豆

魔豆

魔豆

魔豆